비가 눈이 되고 눈사람이 되고
지나친 사람이 되고

이미화
서울예술대학교 문예창작학과를 졸업했다.
2011년 『현대시』를 통해 시인으로 등단했다.
시집 『비가 눈이 되고 눈사람이 되고 지나친 사람이 되고』를 썼다.

파란시선 0125 비가 눈이 되고 눈사람이 되고 지나친 사람이 되고

1판 1쇄 펴낸날 2023년 4월 30일
1판 2쇄 펴낸날 2023년 11월 5일
지은이 이미화
디자인 최선영
인쇄인 (주)두경 정지오
펴낸이 채상우
펴낸곳 (주)함께하는출판그룹파란
등록번호 제2015-000068호
등록일자 2015년 9월 15일
주소 (10387) 경기도 고양시 일산서구 중앙로 1455 대우시티프라자 B1 202-1호
전화 031-919-4288
팩스 031-919-4287
모바일팩스 0504-441-3439
이메일 bookparan2015@hanmail.net

ⓒ이미화, 2023, printed in Seoul, Korea

ISBN 979-11-91897-53-1 03810

값 12,000원

비가 눈이 되고 눈사람이 되고
지나친 사람이 되고

이미화 시집

시인의 말

기다리는 것들이 잡아당기는
기척을 생각한다

입 닫음과 고요와 혼자 안아야 될 것들을 위해
혼란, 그 한곳을 비운다

팔 길이가 모자란 계절에도
혼자 피어 있는 꽃은 멀리서도 보였다

불러도 명명되지 않는 것들을 모았다고 모았지만

봄의 산만한 햇살 아래
혼자 기대어 섰던 유년의 담장은
아직 찾지 못했다고 생각하면
나는 또 언제까지 기다려야 하나
마음이 가혹해진다

차례

제1부

분류법

나는 오래된 달처럼
익사체로 둥둥 떠가고 싶지만
잠은 짧아지고 꿈은 점점 길어진다
저 둔황 어디쯤 여전히
바람을 말리고 있을 미라처럼
움푹한 두 눈은 조개처럼 자라나고
우리는 무책임한 습도에 눈을 담가 놓는다

무관해지고 싶어 눈을 버렸다는 사제처럼
캄캄하게 앉아 모래로 허기나 달랠 때
무관이 지쳐 유관해질 때 달의 속도는 빨라진다

그럴 때 웃는 웃음은 비린내를 풍겨
저녁마다 이를 닦고
그런 눈으로 보지 말라던 아침, 이를 보며 웃는다
이빨에 낀 달이 이빨 사이를
점점 넓혀 놓고 있다

여름이 가면 고지서를 받아 넣고
발음이 안 되는 입술을 찾으러 가야 해

수첩 같은 입술이
폭우를 끌어오곤 해

입술은 물 깊은 곳으로 달처럼 떠내려가
달에서 비누 거품을 꺼낸 사람도 있다지만
나는 달에서 비린내를 맡아

얼음이 차갑게 식는다는 말
빨래가 젖었다는 말은 비리지 않아
모든 빗소리는 두개골에 고여 있기 때문이야
위턱은 두개골의 일부이지만
아래턱은 두개골이 아니야

산 자와 죽은 자를 가르는 것은
입술의 차이뿐이라네

내가 너에게 입술을 던져 주고 오는 날은
바람이 내 몸에 주머니를 만들어 줬다

모든 구멍을 주머니 속에 넣어 두고

그것은 여진과 같지 나뭇잎이 물방울에 입술을 주고
흰자위 같은 커튼 뒤에서
동공을 열어 놓고 내리는 비
손바닥만 한 심장으로 비를 가리고 뛰어가

오늘은 먹은 마음이
미음 같아
따뜻한 미열이 나를 데워 주고 있어

푸른 사과를 먹는 시간

푸른 사과는 연약한 잇몸을 좋아하지

발뒤꿈치를 들면 사과의 꼭지 부분이 약해진다는 걸 알았을 때는 이미 눈이 내릴 때였고 눈물이 과육처럼 뭉쳐질 때였다

낙과의 지점에서 한 남자가 바람에 편지를 쓸 때였다 별의 시상식은 곧 시작되었다고 그 남자는 썼다

눈 너머로 아홉 별은 몰랐고 별 셋은 안다고 남자의 편지를 훔쳐 읽고는 흡족하게 내 비명을 닫을 때였다

그때 막 벼랑에 닫기 위해 손을 뻗쳤는데 빈손이 수신하는 곳에서 새 떼가 출몰하고 불 냄새가 났다 동물병원 유리창 너머에서는 고양이의 눈동자가 사과처럼 쩍 갈라졌다

지붕 처마 밑 초록 종지기에 맑은 물이 고이자 모래 세 알이 들어 있었다 엽서 같은 저녁에 붉은 색칠한 버스를 탔고 소염제 냄새가 나는 바람이 버스를 밀었다 지도에 없

는 역에는 달다랗한 햇살이 비췄다 할머니들은 왼쪽 유방
이 아프지 않아 쇠 맛 나는 사과가 먹고 싶다며 겨울의 빈
휴지 속을 들락거렸다

트럭은 맥박을 넣고 달을 도시로 날랐다 겨울은 가방을
든 채 귀가 떨어졌다 소녀들은 손수건이 된 손바닥으로 나
뭇잎 같은 귀를 문질렀다

겨울은 모두 사과밭으로 몰려갔다

●달다랗하다: '달다'라는 뜻.

나는, 내가 아는 사람

—

　맨 처음 나는 나를 몰랐을 거예요

　내가 나를 처음 알게 된 때는 아마도 울음이 아니었을
까 싶어요 그 울음이 바깥을 흔드는 것이 아니라 안쪽을
흔든다는 것을 알았을 거예요

　반대로 웃음은 타인으로부터 배웠을 것이고요
　울음을 울 때는 내가 내 옆에 있는 것 같고
　웃을 때는 타인이 내 옆에 있는 것 같으니까요

　이런, 내 울음은 버릇이 없군요
　웃음은 늘 가리는 방법이 있었지만
　돌아서서 웃을 수 있지만
　울음은 돌아서서 울어도 감춰지지가 않아요

　나는 다른 사람보다도
　나를 몰라요
　계속 타인의 질문을 돌고 있으니까요

—　　그럴 땐,

그네를 밀어 줘요
민 거리만큼 다시 돌아온다는 것을 알 수 있으니까요
갈 때도 올 때도 뒷모습이지만
그네에서 내리지 않는다면
언젠가는 고요한 정점이 될 테니까요

나는 나에게 외면받은 적이 있어요
그럴 땐,
자두를 먹고
살구의 맛을 이야기해요

그날은 비행기가 나비가 물고기가
점점 작아지며
나를 모르는 체했어요
말하지 않는 건 아무것도 아닌 걸까요
아무리 말을 되삼켜도 나는 점점 뚱뚱해지지 않고
겉모습이 말라 가는 사람이 됩니다

나는 내가 아는 사람이라고
여전히 믿어요

바람의 안쪽

바람의 안쪽은 바람이 비 사이로 불 때
건조한 채로 남아 있는 부분이다

방문을 열면 발자국이 먼저 들어와 있는 방, 적막은 혼자여도 적막해 모서리들의 귀엣말을 본다 벽은 어둠을 품어 부풀어 오르고 밤이 먼저 들어와 있는 창문은 없는 계절처럼 투명해

여름에서 겨울로 겨울에서 모서리로

한쪽 모서리는 다른 쪽 모서리로 가는데 폭설을 불러서 걸어 볼까 병(甁) 같은 골목을 캄캄히 비추는 밤의 꽃잎들 방은 유리 벽도 아닌데 그 곤궁이 밖에서도 환히 보이고 저쪽을 이쪽에 이쪽을 저쪽으로 옮겨 놓아도 똑같은 풍경들

설레던 방을 잊는다는 건 너의 얼굴에서 내 눈을 빼는 것, 눈물이 나도록 바라보다 눈이 멀기를 바라는 것

새들이 놓고 간 계절이 방에 푸른 물을 잔뜩 풀어놓았다 양피지에 돋아나는 별자리를 따라 발이 붓는 방, 느릿한 물살에 발목을 넣는 새와 애도의 땅에서 발을 빼는 인간이

같은 별자리를 갖지 않기를 바라는 벽들의 말,

　하다 만 이야기를 두고 나온 그 방엔
　지금 어떤 별들도 뜨지 않는 어둠이 있다

　다시 방에서 창으로 창에서 방으로 계절이 끊긴다 들리
지 않을 애도 따위는 밀려가길 바라는 엎드린 방, 웅크린
자세로 슬픔 따위는 모으지 않기를 바라는

　비 오고 바람의 안쪽, 그 마른 쪽은 쉬 젖지 않겠다

　●바람의 안쪽은 바람이 비 사이로 불 때 건조한 채로 남아 있는 부분
이다: 밀로라드 파비치.

지켜본 사람

한 사람이 한 사람을
한참 동안 지켜보는 동안
한 사람은 한 사람에게로 조금 옮겨 간다
그때 잉여의 무게가 생겼다

오랫동안 걸어온 무게도 역사가 된다면
사람의 무게를 저울로 잰 역사는 언제부터였을까
사람의 무게를 잴 필요는 또
왜 생겨났을까

가령, 산 사람을 죽음으로 옮겨야 하는
시신(屍身)의 사정에서부터 생겨난 것은 아닐까

가져 본 적 없는 무게를 들고
무게를 나눌 수 없는 슬픔
그 위를 스치며 지나가는 바람
유월이 칠월로 옮겨 가는 것을 보다가
밀빛 유월의 뱀이 칠월의 무늬로 들어가는 것을 보다가
유월의 물소리는 야위었고
칠월의 물소리는 조금 통통해졌다는 생각을 한다

밤사이 옮겨 가는 모래언덕처럼
길 위에 길을 얹으면
옮겨 간 사람의 무게는
옮겨 간 사람에게서 다시 야윌까
칠월의 사람이 유월의 사람이 될 수 있을까

어떤 방향도 알지 못한 채
눈송이와 빗방울들이 물을 나르는 공기 속으로
왼쪽과 오른쪽이 뒤바뀌는 거울 속으로
어떤 무게도 되가져올 수 없는

지켜보는 사람은
지켜보는 동안
다시 어긋난 사람

연민의 반쪽

—

　이름을 나누지 마

　태양의 모서리를 지나 우리는 젖는 그림자들 어떤 노랫말은 눈동자가 되고 어떤 긴 편지는 물고기가 된다면 캄캄한 바다가 달리고 허공이 덜컹거리는 아름다운 레일이야

　몸에 붙은 비늘을 세는 좌석마다 귀를 막은 차창들이 있지

　입안에 비늘을 가득 넣고 기도하지 물고기자리가 오래도록 만드는 것은 딱딱한 눈동자, 자신의 꼬리를 자른 인어 공주가 있을까? 어떤 노래가 인어 공주를 뜨거운 피로 채울까 반신의 노래를 듣는 모래들의 저녁

　나뭇잎 같은 꼬리에 얼굴을 얹고
　어떤 새라도 너의 이름 위에 앉지 말기를

　자꾸 물가로 가는 난청이
　반인반수의 일몰을 바라보다 창이 되고 바라보다 벽이
되는

—

나눌 수 없는 벽이 있다
곁에서 곁이 되는

페인트가 마르는 시간, 이름 위를 걷지 마
안 보이는 얼굴에서 쏟아지는 눈동자를 줍지 마!

하녀의 방향

—

나는 아무래도
왼쪽에서부터 잠겨진 사람인 것 같다

하녀가 없는 세상에
하녀의 방향이라니
나의 단추를 내 손으로 채울 때마다
타인의 숨소리가 들린다

마른 손이 채우다 만 옷에는
두어 개쯤 단추가 풀린 냄새가 났다
나를 풀어놓고 다시 채우는 냄새들
냄새의 안을 들여다보면
봄이기도 했고 겨울이기도 했다

혼자 입을 수 없는 옷에는 여밈의 방향이 없고
자신의 뒤를 자신이 묶은 사람은
평생 남의 앞을 닫아 주는 사람일까
여름쯤이었다
네모난 유리병 속으로 이제 막 부풀기 시작하는
사과를 넣는 장면을 보았다

눈에 안 보이는 중력 중에는
동그란 것이 가장 많았다

거울 속에는 언 손이 많고
단추들은 참 따뜻해서
나는 기꺼이 행동하는 반사의 하녀
반사는 언제든지 깰 수 있고 깨질 수 있지만
나는 주인이 없는 하녀가 되겠지

왼손의 배웅과 오른손의 마중이 있는
단추들은 하녀의 방향인 걸 아는지
오른쪽은 너무 노련해서
눈물도 왼쪽 눈으로 더 흘리는 나는
두 명의 숨소리를 낸다

바람을 품다

태어나지 않아 좋았다
바람이 먼 구름을 끌어올 때
변태성 기후에 이마를 닦인 적 있다

그런 날은 오래전 죽은 이들이
솔기처럼 줄줄 뜯겨 나왔다
키는 크지 않을 것 같은 낮
키가 크지 않았으므로 희미해지거나
뚜렷해지는 구름들을 따라갔다
해가 종종 실종되었다
나뭇가지 끝을 빌려 뺨을 만져 보았다
잠은 보폭보다 짧아 자꾸 미끄러지는 벼랑만 반복해서
꾸었다
할아버지 없이 아버지가 태어나고
내가 없이 아들이 태어났다
자주 전생이 입원하는 날들이었다
죽은 이들이 걷는 거리처럼 어둠이 겹치고
불빛들은 빨리 물들었다

밤 속의, 밤 속의, 밤 속의 침묵은 너무 무거워 창틀에 눈

동자를 얹어 놓고 발성 연습을 했다

결핍에서 태어난 것은 우연이었다
아직도 빌려 쓸 나는
무수히 많아 얼굴만 바꾸는 역할놀이는
이제 지겨워

무릎 사이로 아버지가 빠져나가고
엄마의 치마 사이로 들어가
기차 안처럼 함께 앉아 있는 시간
홑씨가 잔뜩 묻은 바람이 되고
그림을 고르듯 불빛에 고른 것이 지금이라면
다행히 눈꺼풀이 아직 마르지 않았다면
태어나지 않아 좋았다, 나는

쇄빙선

―

세상의 추운 네 시들이 몰려드는 해역들마다엔 아직
연어의 눈알들이 우두커니 말라 간다

마시다 만 잔처럼 해가 떠 있고
월기(月期) 마지막 날
죽은 잎사귀들을 묶어 정원을 쓸었다

쇄빙선 한 척이 느릿하게 빠져나가는 오후,
봄은 파열음으로 물결 운(雲)이다
날렵한 꼬리에 쌍떡잎 머리를 하고 있는 봄
녹다 만 달의 조각이 돌 틈에 끼어 있다
후륜의 힘들이 프로펠러에 묻어 있고
씨앗들은 회전하는 방향을 가늠하고 있겠지

범고래 떼 같은 햇살이 몰려오는 방향으로
봄꽃들이 서로 겹쳐서 선수각(船首各)을 만들 때
수로들은 소리만 남겨 놓고 물관부들을 찾아간다
북극의 계절은 지금
다리우스 달력을 빠져나가는 중이다
햇살은 아직 뿌리가 부실하다

―

가끔 쌀쌀한 선단(船團)이 지나가는 네 시
봄의 속지에는 아직 솎아 내지 못한 두유과(豆油科) 같은
기미들이 무성하다

밤, 달이 쇄빙선처럼 하늘을 깨트리며 지나간다
인쇄소마다 뒤늦은 농법일지를 찍어 내는 야근이 한창
일 것 같다

소금의 맛은 차가운 맛이고
달력은 웅웅거리는 소리를 내며 벽을 지나간다

강요의 사과

흑토마토는 용감해
강요를 벗어난 맛이 나잖아

사과들을 볼 때마다 강요된 일조량이 떠올라
그 먼 곳에서 온 햇살이 어떻게
사과의 모양을 강요할 수 있나, 빨간 테두리로
매일매일이 지나간 흔적이니까
햇살이 들렀다 간 모양이니까

말이 섞인다면 혼잣말이 될까
아니면 어떤 병의 전문용어가 될까
잘못을 사과하면 의심을 품을까?
발자국의 가장자리에 앉아 미안해해
사과는 진심을 강요하고
우리는 연대를 강요하니까

용감한 철책을 만난 적이 있어
일 년에 몇 마리의 양이 뛰어넘은 적이 있으니까
흔들면 좔좔 소리를 내는 씨앗들은 정직하고
씨앗 하나 속의 사과는 몇 개인지 모를

사과를 의문으로 사용하는 일은 왜 없을까

생몰(生歿)은 강요의 방식
인간이라는 모양은 얼마나 오랜 시간 동안
적합한 강요였을까

물이 없는 컵은 이미 표면이 없고
컵은 물의 표면을 강요해
귀를 막아도 들리는 소리에는
아는 얼굴도 있지만 모르는 얼굴도 있어
목소리들은 자꾸
갸웃거리는 얼굴을 강요해

사랑한 앞니

지붕 밑에서 앞니를 생각하는 건 다 비슷해요
입술을 닫을 때만 내 것이 되는 앞니니까요

타인 같은 앞니는 입술의 표정에 살아요 이를 지붕에
맡기고 돌아온 날은 가지런히 모았던 두 발을 벗고 거울
앞에서 앞니에 실을 걸 때마다 집을 나간 여자의 날짜를
헤아려요

압연(壓延)처럼 언덕이 태양 쪽으로 기울고 두 인치의
가을이 당신의 마지막 음절에서 빠져요 붉은 잇몸을 더듬
어 가는 정오의 질량, 누군가를 떠나보낸 사람들이 앞니
를 생각하는 건 다 비슷해요

앞니 없이도 살 수 있나요
가슴을 뽑아 버려 생각할 수 없습니다

팔을 펴고 당신의 음절을 고른다면 으깬 통증을 물고 있
는 것과 같아요 그럴 때마다 지붕 아래로 사라지는 앞니들

밤새 물가에 앉아서 어금니의 순례들은 무릎으로 떨어

저요

검은 통증을 뽑아도 되나요
증오를 뽑아 버려 결심할 수 없습니다

의심과 가로의 길이는 어디가 끝인가요

한번 빠진 자리에서 몸을 풀고 나오는 이름들처럼
달은 밤을 계속 돌릴까요
비릿한 피 냄새가 그리운 밤, 구름과 지붕 사이에 돋아
나는
앞니 하나 갖고 싶어요

깁스

간지러운 휴가가 길었다
날짜들이 굳어 갔다
꼼짝 못 하는 날들의 고정엔
더 지독하게 굳어 가는 뼈가 있다

음지가 머물다 간
흰 뒤꿈치
검은 밤을 뜯어볼 수만 있다면 이면이라는 곳들은
모두 투명해져 있을 것 같다

뒤꿈치가 미끄러지는 물결이 해안에 닿을 때
뼈엔 지층이 굳어졌다
흰 뼈들은 불면 중이고
하얀 속살에도 아픈 말들이 있어
뼈가 굳는 소리에 절뚝이는 파편이 있다

밤과 낮은 금방 풀리는 시간의 기간
뒤꿈치를 감싸고 있는 깁스 속엔
아직 꺼지지 않은 가로등이나
밤샌 창문 같은 것들이 있겠지

몸 밖으로 넘치던 그림자를 붙이는
툭, 끊어진 몸 안의 시간이
한 발의 고정이
한 걸음일 때

나무들의 고정은 밤의 이유일 것
무거운 바위들도 밤의 고정 때문일 것
그렇다면 흐르는 물과
구름은 밤과의 불화일 것

금 간 썰물과 밀물이 찢고 들어간 자리가
캄캄하게 합쳐질 때, 뼈는
부러뜨린 쪽으로 붙을 것이다

프쉬케

모든 질문에는 흐릿한 창이 들어 있어
얇은 종이 같은 창밖, 바람은 가고 바람은 오네

어느 꽃에서 풀린 나비들이 난다
올이 풀린 날개 끝이
내 눈을 스프링처럼 감아올리네

나무 앞에서 태양과 티셔츠와 바지 그리고 나무 앞에서
기다린 사람은 오지 않고
따뜻한 계절은 죽을 때의 나비 모습이네

지나간 달력의 뒷장에서
나비들이 부화하는 것을 본다

종이들이 구겨져 있는 눈을 보면
천천히 펴지는 고백 같은 질투들이
떠나고 있는 것이 보이네

은신처들이 빛난다
까만 수평선에 나비는 은색의 알을 낳는다

꽃은 한 해만 피지만 그러나 이 한 해는 다시 온다지
외따로 펄럭이는
내 옆에 내가 있어

언젠가 그가 신고 올지 몰라, 다 마른 신발을
나무 앞에 놓아두고 돌아오네

제2부

스치는 사람

생각해 보니 뒤돌아보는 날들이 많았군요

그래서 만나기로 했어요
만나게 되는 시간이 오는 동안
우리는 각자 비가 눈이 되고 눈사람이 되고
지나친 사람이 됩니다

밤새 눈이 내렸고 돌들은
팔에 깁스를 하고 스스로 환자가 되듯
뒤집어쓴 어둠을 몰고 오는 파도가
호주머니가 되듯

파도에 손을 쓱 넣으면 물드는 손이 손수건 같다는 생각
이 듭니다
한번 꺼낸 슬픔을 어떻게 그냥 넣을 수 있겠어요

그냥, 몇 겹을 풀고 다시 접어야겠어요
시간은 네모나게 와서 결국엔 구겨지겠지만요

새의 부리를 보면 길거나 짧은

울음의 종류가 있다는 것을 알게 됩니다
파도 소리 끝에는 여전히 깃털이 모여 있고
직진하는 구름은 없다는 것을 알게 됩니다

스치는 것은 스치는 것들을 향해 뒤돌아봅니다
다른 방법이 있나요?

파란 구름이라는 색
하얀 나무라는 색

색깔에 색을 입히는 단계를
유학했으면 합니다
손가락만 한 초록을 쥐고 아름다운 장소를
반복해서 왔다 갔다 하는 꿈을 꾸는 동안
빛나는 것들에 바람은
불었다가 멈추고 멈추었다가 사라집니다

우리라는 애초도 없는 무게를 지니고
물의 언덕을 감아 오는 푸른 파도를 다시 돌려보내야
합니다

스치는 동안 당신과 나는
어느 한 곳도 닿지 않았습니다

예정의 세계

—

당신의 비구름은 반드시 비에 도착할까요

예정을 믿는 사람과 믿지 않는 사람이 뒤섞여 살아요
예정은 참 손쉽게 발명된 곳이니까요
비구름이 섞인 문서나 약속을 먼저 가져다 놓을 순 있
지만

가끔, 나는 다른 방향이 되는걸요

미래를 믿으라는 당신은
과거에서 쫓겨난 사람

과거는 사람이 태어나는 곳,
태어난 곳,
당신은 그런 곳에다 믿을 만하고
가능한 예정을 가져다 놓아요

어떤 부류는 날짜들이 사람을 발명했다고 여전히 믿어요

—

당신이라는,

예정은 날짜들과
불화할까요? 아니면 친애할까요?

사과의 생채기에는 새가 살았고
뒤이어 벌레들이 살게 되겠죠
예정을 운반 중인 당신
대부분 신맛들은 과거로 분류되지만,
냄새들은 예정된 날짜들이죠
냄새도 맛도 다 과거를 굴려서 온 것이니까요

우주를 돌리는 사과
사과를 받아 든 우주

예정을 확신할 수 없다면
과거에다 데려다 놓았던 예정의 당신을
당신은 기다릴 것입니까

열매를 닮은 꽃은 없다

꽃 필 때 목련은 눈이 없다

하얀 플라스틱 같은 잎사귀에 저 목련의 향기 나는 울음,

꽃은 해에 눈을 다 빼 주고 나서야
열매를 닮을 수 없다는 것을
지난해의 울음에서 기억해 낸다

흔든 것에 흔들리는 울음이 있다면
계절을 우두둑 꺾어 불탔던 적이 있는 꽃들은
눅눅한 재가 되고 나서도 바람을 재연하듯 날린다

색이 들춰지는 바람의 순간이 있다

검은 꽃잎은 없지만 검은 열매는 있다
눈을 먹은 꽃잎과 얼음을 먹은 열매가 있다

흔드는 것들은 흔들린 색만 얻을 수 있듯
꽃들에게도 귀가 있다면 유언비어를 듣겠다

풍선은 서 있는 일이 없어
한 방향의 그늘로 얼굴을 삼거나 비린 맛으로 입에 들거나
흰 이빨처럼 그악하다

울퉁불퉁한 이빨 자국이 선명한
꽃의 목덜미가 다 떨어지고

목련은 옷 벗은 일로 울고
이것을 열매 맺는 일이라고 하지만
꽃은 눈이 모자라서,
모자라서 그 울음을 다 울 수 없다

더듬이가 구름을 끌며

미안하다고 말해 봐, 말을 고르는 곤충의 더듬이가 구름을 끌고 가는 날 너는 내 안에서 눈 내리는 속도로 오고 너를 기다리는 초조는 비의 속도로 젖었지 아득함이라는 그것, 무성영화의 입술처럼 오므렸다 퍼지면서 허공 속으로 번지려 해 곤충들의 날개를 뜯어내던 팔을 바람 속에 넣어 두곤 했지 그것은 소름을 뜯어내던 더듬이의 세계 그곳에 문지방처럼 눈들이 걸려 있어

섬에서는 입술 꽃이 핀다지만 입술은 편지가 되려고 해

미안하다고 말해 봐, 어둠이 증식을 멈추고 잠깐 서 있을 때 내가 문을 여는 속도보다 빨라질 어둠에 살짝 손등을 대 봐 손등은 체온보다 낮은 온도여서 북극에서 깨지는 얼음들은 저마다 손등을 가지고 있을지 몰라 얼음이 수면 위에 떠 있는 것은 마치 너의 손바닥에 내 손등을 얹고 폐가 한 채 가지려는 놀이 같아

손등에 한 채의 폐가가 있을 것 같은 오늘은 편지가 되려고 해

오늘 지나 내일로 오는 눈(雪)은 왠지 꽉 찬 나이 같아 쌓인 먼지를 쓰다듬을 때 알면서 묻는 질문처럼 쓸쓸하지도 허하지도 않아서

바람이 가지를 치고 새의 안목으로 폭설이 내리고 물감처럼 굳어 가는 폐가 한 채, 꽉 찬 편지에 오늘은 더듬이가 구름을 끌고 가는 날이라고 쓰며

사차원의 친절

잠시 현기증을 받쳐 놓았던
벽은 친절했다
벽은 직립의 면,
직립의 면은 수평적 면보다는 불친절하다
기대는 일과 누울 수 있는 일엔
조금씩의 친절이 있다

웅크리거나 기울어지는 쪽은 또 친절하다
무릎에는 넘어진 흔적이 있고
웅크림은 모든 흉터를 되새김한다
기울어진 물결,
물고기들은 집어등을 지표로 삼았을까

자존심과 수치심은 사차원의 일가들이다
이차원으로 사차원을 찾는 직업이 있었다
물로 버드나무를 찾는 일은
새벽 즈음에 베개에서 빗방울을 찾는 일,

벽과 바닥은 오래전부터 모두에게 우호적이었다
벽의 그림은 벽을 열고

기댈 벽은 이미 기댄 벽이기에
한번 기댄 흔적이 남은 벽이다
기댄 벽이 통증을 부축하는 것은,

보이는 차원이
보이지 않는 차원을 부축하는 일
벽은 안과 밖을 차별하지 않는다

아픈 냄새가 나는 죽음들마다에는
이미 바닥으로
떨어진 울음이 잠시 눈이 마주쳤던,

바닥은 어떤 종류의 죽음도 마다하지 않는다

모른다

어두워지면 민물고기 하나 찾아오는 저녁
말의 빈자리를 찾아 파란 불을 켠다
자고 나면 되돌아온 검은 하늘에 별자리
걸을 수 없는 절름발이 빛들이 보였다 사라졌다
바람 든 팔을 뻗어 하늘을 쓰다듬는다

네 발 달린 어둠이 육체를 사각사각 먹어 치울 동안 달
의 민낯이 환하도록 눈동자를 열어 말줄임표 안에 사는
너를 꺼낸다

딱딱한 달의 민무늬를 손바닥 안에 새길 동안 주머니 속
의 물고기를 가만히 쥐어 본다 어둠이 딱딱한 구름을 만
들 때까지 목소리는 구름 높이 오르고 바람은 새의 깃털
이 된다 갈대로 만든 작은 혀를 모아 너에게 가닿는다 산
란하는 나방처럼 몸의 끝을 끌고 어둔 바닥을 걷는데 다
지증을 앓는 손이 끈적이며 흘러내린 눈동자를 풀 속 깊
숙이 넣어 둔다

혀를 꽃처럼 밀어낸 밤
달이 물어본 네 그림자의 행방을

말이 밀어낸 네 몸을 모른다

불투명한 방

낯설고 어둑한 별자리들을
천천히 만져 보는 방
편지가 올 것 같은 긴 여름은
물소 떼를 끌고 왔다

지친 다리들이 방 안에 가득 서 있다
밤과 방 사이로 두 편의 꿈을 꾸고 내가 가장 그리웠다
모두 방의 바닥 때문인 것 같아
미끌거리는 흔적을 닦았다

자폐에 자폐가 숨어 있는 방, 귀걸이는 귀를 모으고 눈
은 어둠을 모으다 유리가 되기도 하지만 불안을 쥐고 흔
들면 모든 주머니가 사라졌다

밤마다 유리창에 얼굴을 대고 연민을 연기하지
새들은 벌써 몇 번째 방을 만들고
허무 뒤, 허무 앞
나뭇가지를 자르느라 날개가 사라지도록
창문은 두 개의 바깥을 붙이는 중
새들이 몇 번의 계절을 옮겨도

커다란 외투를 두르고 병이 되살아오는 줄도 모르는

너라는 기미,
우리는 소음을 갖고 놀 수도
손끝으로 먼지를 나눌 수도 있다
물소를 따라 첨벙거릴 수도 딱딱한 벽을 따라
하루하루 떠나는 몽유 보행을 허가할 수도 있다

불빛을 떠돌다 오늘의 갈색은 어제의 주황색
우리는 잘 식어야 해, 불투명하게
오래도록

●허무 뒤, 허무 앞: 헤르타 뮐러.

하마다

낙타사전을 보면 낙타는
사막의 열쇠 혹은 모래의 낙관(落款)이라고 적혀 있다

흰 것은 모래 검은 것은 밤
사막은 터번을 두르고 걷는다

알파벳순으로 서 있는 제 그림자를 타고 내려오는
낙타의 짧은 쪽 다리에
몇 개의 내리막 무게가 내려진다
죽은 것들의 털들만 모아 사막은 여우의 귀를 짠다
소금과 함께 자라나는 사막 별들은
가장 오래된 허공 표지판 문자들이고
한 번도 모래 공장의 위치를
가리킨 적 없다

죽은 자의 혀를 잔등에 태우고 오는 낙타
모래의 말이 풍선껌처럼 부푼다
자오선의 윤곽을 바꾸며 옮겨 다니는 사막
바람의 눈엔 눈썹이 길다

우물과 낙타의 눈은 허공에서 건조되고
우리 기도는 양탄자 발음
풍경만 남겨 둔 바람의 단백질
이슬 속에 그늘의 온도가 걸려든다

새의 둥지를 두르고 걷는 낙타
북회귀선에는 잠두콩이 두 개의 생식기를 만드는 중

물구름에 사막과 모래자갈은
서로의 눈과 귀를 목에 건다
사막건축법에는 바람의 권리가 분명하다

●하마다: 암반이 지표에 노출되어 바위 가루가 흩어져 있는 사막. 사
막의 모래 공급원이다.

떠내려가는 책

—
새들은 날아간 쪽으로 다시 날아가지만
다시 올 사람의 손목은 미끌거렸다

가끔 죽은 새들이 봄날을 접어 놓았다
밤마다 밤은 돌아누웠다가 다시 돌아눕곤 했다
손바닥에 쥔 별들은 반짝이기 위해
모두 상처가 되었다

안개를 들여놓는 백야 같은 아침
새 떼들은 북쪽의 표지를 머리로 삼기도 했다

출렁이는 거리처럼
책이 떠내려오는 날이 있다
접힌 페이지를 찢어 새들을 접었다
침을 묻혀 독이 묻은 책장을 한 장씩 넘겼다

접힌 페이지는
거기에서 돌린 얼굴이 있다는 표시

—
강물은 홀로 크고 혼자 떠내려가듯

물의 이마에 이마를 맞대고
여기서 먼 곳들이 떠내려가는 소리를 듣는다
가라앉은 자리에 또 가라앉는 것들이 있어
심연은 난음(亂淫)일까
금서(禁書)에 돋아나는 별이 있다는 것은
초저녁별들은 모두 읽혔다는 것

떠내려오는 책은 물결을 옮겨 왔다
너라는 책은 읽을수록 접혀진다

마르는 돌

마른다는 말을 나는,
엄마의 말투에서 배웠다

엄마는 마르는 것들을 너무 잘 알아차린다
손에 낀 반지가 혼자 돈다고
내 방만 넓어진다고 미간을 모으는 엄마는
자꾸 뒤척이는 방 같다

모퉁이들이 살아 있는 방은 늘었다 줄었다 하겠지
내 방에는 걱정과 예측이 티격태격한다

비에 젖은 돌에는
젖는 일의 두께가 있고
또 젖은 돌은 젖은 두께로 마른다
마르는 것들은 모두가 제각각이지만
그 마르는 무게를 저울 위에 올린다면
바르르 떨리는 바늘 끝에선
빗방울 소리가 들리겠지

끝까지 가라앉는다는 것

그런 물의 깊이에 넣었던 돌을 꺼내 보면 고작
무게만큼의 깊이겠지
그러니 호들갑이라는 줄자의 눈금
내 쪽으로 끌어당기지도 못하는
애걸복걸쯤 되겠지

어떤 돌에선 빗방울 소리가 들려서
내가 돌처럼 마르고 있다고
오전엔 어딘가로 전화를 했던 것 같은데
그게 익숙한 말투의 안쪽이었는지
바깥이었는지 모르겠다

엄마는 나의 어린 저녁에 앉아
풍덩풍덩 물이 꽃피는 것을 보고 있다

딛는 시간

우리 모두는 홀수의 발가락,
새의 발자국으로 걸었어
전등을 전하려다 나를 잃어버린 이야기
비밀의 밝기로 견디는 시간, 뜨거운 촛농이야
네 손목에서 내 손목까지 불화는 따뜻해

숨은 따뜻해지지 않아
목이 부은 나비가 코뼈에서 소문까지 날지
뱀 이빨에서 하모니카까지
버스 정류장에서 청진기까지

공중을 빌려다 까맣게 색칠을 하면
두 겹의 눈이 백 개의 달에 불을 켜지

허공은 바람을 증여하지만 나는,
생강나무이고 손을 거는 것이
약속인지 맹세인지 몰라

네 눈동자가 차가운 몇 방울로 보여
바람의 혈과 안색은 언제나 표가 나

벽을 따라 손목을 따라 비밀의 배후처럼
귀를 고르는 일

위로는 겨울에 부는 바람
여름의 퇴창마다
두꺼운 카디건 같은 침묵

벽시계에 해를 걸어 놓고
하나씩 건너뛴 빈칸마다 딛는 시간
뱀딸기 같은 비밀이
더 빨개지는 시간

세상의 인사들

굿바이, 안녕? 너는 아프리카에서 인사하고 나는 아시
아에서 인사를 한다 너는 뺨에 침을 뱉어 인사를 하고 나
는 코를 두 번 부딪쳐 인사를 한다

벌새는 공중을 모아 인사를 하고 바람은 강물의 손을
빌려 와 인사를 한다 새들은 계절로 안녕의 부리를 갠다

우리는 모두 다른 모양의 단추, 너는 단추를 보고 인사
하고 나는 단추를 만진다 세상의 단추들은 섞이는 걸 좋
아한다 인사는 나보다 먼저 와서 이름을 푼다 잠긴 이름
들이 수챗구멍으로 흘러간다

썩은 이빨로 안녕? 이불을 덮고 안녕?

난 아직 너의 인사를 몰라 웁살라, 떠도는 종족의 인
사를 빌려 와 우리는 얼굴을 섞는다 소름이 돋을 때까지

미끄러지는 것만 상상하면 인사가 나왔다 안녕안녕안
녕 너는 단추를 본다 인사인지 이별인지 몰라 안녕안녕안
녕 목구멍이 무거웠다 깃털만 한 날들이었다 그런 날은 빈

수화기를 들고 수신음에 자꾸 인사를 했다

　미지의 고개 쪽을 향해 안녕? 우리의 인사들은 군조(群鳥)를 이뤘다

　숲으로 들어가는 날에는 낮게 엎드려 눈을 반짝이는 인사법을 사용했다 우린 어두운 인사법을 몰랐다 바람은 그런 의도의 안쪽에만 불었다

　안녕, 인사가 동난 몸으로
　활짝 열려진 이름으로, 붉은 혀로 인사를 하자

얼굴의 체위

—

　한 호흡에 기생하는 시간이 있다

　저녁, 목은 길어져 어느 풀의 유연을 빌려 질긴 끈과의
체위를 가진 적이 있다 인동은 다른 나무의 줄기를 덩굴
로 감으면서 올라간다는데 얼음과 닿아 엉킨 적이 있다

　손가락을 건다는 건
　오른팔로 할 수 없는 일을
　왼팔이 할 수 있는 것이 아니라는 것을 알게 하지
　오래전 버린 체위들
　체온을 훔쳐 오는 뾰족한 눈빛을
　오래도록 붙잡고 다독인다

　학교경(學交傾)은 학이 서로 긴 목을 얽는 것이라는데
우리는 서로의 목을 감을 수 없는 종족, 때론 무디게 때론
흐리게 피로 흐르지 흐르는 것들은 흐르면서 얼굴을 버릴
것, 물살에 얼굴을 떨어뜨려 너는 왼쪽 나는 오른쪽 우리
는 방향을 바꾸는 종족

—

　베인 자리마다 물의 봉합 기술이지

저녁마다 얼굴로

얼굴에 기생하는 기억이 있다

비의도적 재생(非意圖的 再生)

긴 주문을 불 속으로 던져 재의 모양으로 점을 치던 고
전주의자들처럼 우리는 얼굴을 던져 몌별(袂別)을 하지 돌
아가는 길 끝에 얼굴을 걸어 놓지

피리에서 만나고 호흡에서 헤어졌다

─　　한 호흡에서 양을 잃어버렸다

그렇지만 철조망을 넘어간 양들을 잃어버렸다고 할 수
있을까? 호흡을 가두어 둘 수 없어 호흡의 틈으로 살아가
는 일에 결국, 철조망을 치는 것일까

처음 잡은 손목에는 날짜를 세던 입술이 있고 눈 붉은
풀밭에는 날짜를 지운 손가락만 떨어져 있어 입술은 변
심으로 호흡을 세고 피리 소리는 입술에서 도망치는 호
흡들이고

곱슬곱슬한 피리 소리
피리를 불 때 양털은 자라나고
양털, 이라고 말하면 자꾸 혀에 양털이 자란다

한 몸통의 털은 숫자를 배우지 못한 문맹
피리의 구술이란 고작 한 마리 양을 셀 수 없다는 것

죽은 새에게선 피리만 남고
풀밭은 너무 짧아 양을 숨길 수 없다

호흡이 옆에 있던 여름과 호흡이 없는 겨울을 필사하던 바람과 넓은 풀밭을 접어 보내는 그곳, 목동은 양을 세고 잃어버린 양의 숫자로 늙었다

　풀잎은 어긋난 방향으로 입을 모으지만
　숨을 뱉는 곳은 파랗게 패인 곳이다

　죽은 나무 막대기를 내려놓고 목동은 어디로 갔을까

제3부

손수건

접은 손수건만 한 책을 읽고

손바닥으로 창백한 그의 얼굴을 쓸어내린다

손수건이 되어 버린 얼굴

손바닥이 되어 버린 내 손수건

불량한 어둠

—

멀리든 가까이든 빛이 보인다면
그건, 불량한 어둠이다

회전하는 덩어리,
아무리 큰 어둠이라도 작고 좁은 실체 뒤로
감쪽같이 숨을 수 있다
어제는 불량한 어둠에 걸렸는지 빠졌는지는 모르지만
넘어졌다
그때 붉은 어둠의 방향이 물었다
당신은 지금 어느 쪽이냐고
혹시 왼쪽 건반을 밟고 있냐고

밤은 창문을 몇 번 깼다
그러므로 밤의 창문은 어둠의 불량이다
그런 어둠에서 밤의 창문을 골라내는
직업이 있긴 있을 것 같다

전체를 보는데 고작 작은 눈동자를 사용한다니,
눈은 가장 불량한 어둠의 일종일까
절대적인 것들은 서서히 온다고

불량한 어둠을 몇 번 자로 잰 적이 있다

전갈자리나 뱀주인자리쯤인 행성에
문짝이나 저지대,
산양이나 종소리가 오른쪽 건반으로만 쏠린 날
그런 날에는
왼쪽 무릎이 넘어졌는데
어둠은 오른쪽 무릎이 깨졌다고 했다

비쳐 들어오는 빛보다
새어 나오는 빛이 훨씬 많다
어둠은 불량률이 높다

통증의 연대기

날개 안쪽, 퍼덕이던 뼈를 만져 본다
공중은 통증의 한 종류다

창밖, 꽃들의 방위가 쓸쓸해 길은 길로 걸어와 침묵한
다 안다는 것과 알고 있다는 주저가 어느 순간 난간이 되
고 위악적인 꽃말들이 난간을 걷는다 꽃을 물어 나르는 새
들의 위장을 탐했던 귀먹은 바람을 불러들여 헛구역질을
연습하면 풀 냄새가 입안 가득 돌고 손이 검은 얼룩에 기
척이라는 장기가 생긴다

한 별이 한 별을 당겨 가는 밤,
꼬리 긴 별의 그 행보에 까만 겨자씨 하나를 보탠다

너라는 장기를 빌려 읽던 시를 다시 읽는다
캄캄한 저수지의 물살을 퍼내는 달처럼
어떤 연대기는 찰랑거리는 물빛으로 층을 만든다

기미가 없는 사이사이
속내를 감춘 입구들만 차다

아주 높다는 것은 하늘을 만진다는 것, 고양이 울음이
그림 달력을 넘어가고 별자리들마다 필경이 들어서는 밤

꽃들은 통증으로 색을 만들고
착각으로 창문을 물들인다
불붙은 어둠이 재가 될 때까지 바라보다
나는 가루약이거나 물속에 빠지고 있는 돌이거나
여우별을 똑똑 따거나

꽃말이 불러 주는 기척의 외연
너라는 장기가 몸을 건너가도록 입말을 뱉어 놓는다

●통증의 연대기: 멜러니 선스트럼.

가로의 개념

언제부터 공중을 두드려 소리를 얻는 방법을 알았을까?
소란한 부족의 경계병 같은 나무들,
떨어지지도 못하는 부스럭거리는 소리들
가로의 방식으로 자란다

뜨거운 계절은 가로의 이름들로 이어지고
차가운 끈들은 세로의 이름들로 끊어지는 오후
가지와 가지를 건너가는 바람이
한 마리 게 같다

계절은 가로의 방향으로 몸을 비틀고
나뭇가지들은 모두 다 가로의 계단을 가지고 있다
눈은 하나였고 기억의 방향도 하나인
가로의 필적들

길게 초인종을 누르는 저녁
불룩해진 수관에 어둠이 차오르고 가지와 가지 사이에
뒤처진 호흡이 매달려 있다
동쪽으로 접붙인 자리엔 통증을 모아 둔다

열매들이 가로의 무게로 익어 간다

바람에 혀를 댄 고요
그늘에 어둑한 수위가 차오르면
열매들은 빌린 가지를 돌려주려 붉은 시간을 툭툭 끊는다

가로만 남아 있을 계절들
석양을 짊어진 게들의 걸음이 하얗다
미문이 될 때까지 문을 열어 놓는 나뭇가지들
열매들은 속에 갑각류를 키운다

장서표

— 　구름을 끄는 새들의 춤,
　찌의 멀미로 춤을 추는 물고기 춤

　열 개의 바위를 열면 쏜살같이 달아나는 당신이라는 문
환(幻)이 있던 자리, 기울어진 당신의 군무에 봄이 들어 꽃
들이 휘어지고 있다

　기울어지는 음란(淫亂)을 서로 붙잡고 있다

　당신에게 꽂아 논 서표에는
　소실점을 잃는 춤

　새들의 태생을 묻는 나무들처럼 처음 나온 눈물은 가장
처음의 살점일까? 당신의 계절을 모으다 당신을 표식하는
일이 늙는다

　바람의 장서표는 잎이 다 떨어지고 계절은 흙과 돌로 돌
아가고 하루씩 짧아지는 해를 넘기는 식물의 비밀

— 　천 개의 구름을 다시 세면 흩어지는 것들의 군무, 길을

잃어버리지 않기 위해 지나가는 길마다 빵을 뿌렸다는 하이엘, 흉터를 내지 않기 위해 제 몸을 수없이 꿰매는 물살처럼

　　언젠간 물의 안부로 당신을 기다리겠다
　　바람의 표식을 두고 당신이라고 믿지 않겠다

　　그러니 물살의 틈에
　　소리만 요란한 흉터 하나 찍으려는 당신이 고른 밤으로
　　나는 기꺼이 웅크린 서표가 되겠다

잠기는 표정들

내가 죽기 전날 비가 내렸다
자주색 숲과 보라색 숲이
무저갱 같은 빛 속에
가두기 놀이를 하는 것만 같았다

폴라로이드 카메라처럼 인화되는 풍경들
물 한 모금 마시면 깨어나는 세상,
잠깐 눈 감으면 다시 물속

바람의 주물을 떠 놓고 꽃의 형상을 본다
발목 없는 방문, 푸른 날염에
눈을 넣었다 빼다가 맨 처음 본 빛이
눈꺼풀이 된 걸 알았다

몸은 부드러운 힘에 들고
꼭지가 풀린 풍선에서 도망쳐 나오던 바람
표정은 몹시 작은 문

상냥하고 평화롭게 뜨는 구름과
계산기가 있다면 꽃의 표정을 두드릴 텐데

제곱의 날들이 잠깐 정지해 있다가 가는
내 지구는 물로 가득해

나는 누군가를 딛고 서고 누군가를 딛고 선다
잠깐씩 들이마시는 물맛에
가라앉는 그림자가 있다

표정들이 사라진 곳에
부표의 얼굴로 떠 있던 그날 이후 손에는 뿌리 뽑힌 작은
풀꽃이 쥐어져 있다

쥐여 줌으로써

십일월 나뭇잎들은 죄다 무엇을
쥐려는 모양이지만
그렇다고 꽉 쥔 것들은 없다

엄마는 내게 꼭 쥐고 있으라고 했지만 언젠가 펴 본 손
에는 어떤 당부의 말이 변명으로 변해 있었다

꼭 쥔 모양은
한껏 웅크린 모양
나는 어떤 말에 꼭 쥐어져 있었을까 궁금할 때가 있다
꼭 쥔 손은 너무 좁아서
나에겐 내가 풀 수 없는 아주 작은 힘 하나 있다

너무 작아서 풀 수 없다면
그것엔 매듭 따위도 없다는 뜻이다
마치 얼굴엔 난 작은 점 같은

아무리 꼭 쥔다 해도 손은 외부다

모아 둘수록 비워지는 말들은 얼굴에 말의 그림자를 상

영하기도 하지
　손가락 사이로 떨어지는 목소리들, 꼭 쥔 손으로는 어떤
말도 숨길 수 없다

　자꾸만 놓치는 주먹에는
　울퉁불퉁 넘어진 한 걸음이 있고
　아무리 꼭 쥐어도 손안은 남아돌아
　허술하게 쥐고 있는 당부조차도 다 쓰지 못한다

　십일월의 볕은 잎사귀마다
　귀가 살고 있을까

　실어증 걸린 손에서 말 하나가 툭 튀어나왔다

발목들의 편대

누군가는 넘고 누군가는 디뎌야 하는
발목들의 편대
바람은 새들의 발목을 제 어미로 착각했을까
어떤 불시착은 몇 만 평의 하늘을 돌고도
앉을 자리를 잃어버린다

침대 밑 먼지들, 쿵쿵 알 수 없는 소음을 다 써 버리고도
이 방은 뜰 기미가 없다

나는 자꾸 태어나고 저녁은 좁아져
이 방이 이륙하려 한다
문은 몇 개의 방을 드나들었는지 귀를 다 써 버렸다

새들은 수만 번의 무릎을 꺾고도 다시 비행을 시작하지
만 몇 번의 계절이 벽에 구멍을 내고
새들의 울음들을 모아 두던 서랍을 다 열면 이 방은 가
벼워진다

한 번의 날갯짓이 체중이 되기도 한 제자리의 동심원
정말 비행(非行)이 비행(飛行)이 된 것일까?

86

새들이 그어 놓은 세 줄의 흉터가 지워지지 않아
헤어져야 했던 사람이 있다

어떤 미안함이 어떤 안부가 거북한 희망처럼
식어 빠진 의식을 하나씩 셀 것이고
누군가는 넘고 누군가를 디뎌야 하는
발목을 쌓아 놓고

우리는 기와를 세는 단위일 뿐,
어디로 날아가야 하나 노을을 접는 손이 붉다

화각(畫角)

—

화각이 흉내 내는
조리개의 값
초점막이 그어 가는 저녁이 빛의
실틈을 통과한다

참으로 눈부시군요
반지 구름을 낀 신랑 신부는 사진기를 본다
딸꾹질의 프레임에는 서약서들만 모아 놓은
책장을 넘기는 속독의 습관이 있군요

오른쪽 눈과 왼쪽 눈이 서로 팽팽하게 시선을 모아 오고
바람의 각은 혼자 굴러가는 풍선처럼
예식을 기록하고 있군요

바람은 늘 둥근 모양에서 터질 곳을 찾지요
간혹, 집이 터지는 일이 일어나곤 하지만
실은 반지가 굴러가는 일이 더 잦지요

팔짱 낀 저 무음의 리듬을 손끝에 묻히면
뷰파인더 안으로 노을 몇 컷 흘러들어 가 달그락거린다

달의 묵음처럼 뷰파인더 안의 파장을 더듬어
햇살을 설정해 놓고 시간을 묻는다
부유와 침몰 같은 상상의 간격을 조율한다

어둠은 벌써 떨어지려 하는데
빛 샘에 목이 부푼 햇살들을 가위질해 놓고
백 년을 비워 놓고 달려온 후생이
사진기의 셔터를 찰칵찰칵 누른다

잘려진 하객들이 우르르 흩어진다

아프리카 접시 아래 유럽 접시

　시초에는 나눌 수 없는 것이 있었지

　어둠이 별자리를 더듬어 나간 후 바람은 그림 그리는 법을 가르쳐 주었지 구름의 리본을 풀면 거기 지나간 구름처럼 끄덕거린 목덜미가 있고 등을 열고 마음을 보았지 얼음 시트에 앉아 불의 날짜들을 세어 보았지 별의 본토에서는 뜨거운 보라를 만들고 있었지 푹푹 빠지는 절벽에 비명처럼 뗏목은 꿈을 횡단하고 지나갔지

　시초에 뇌우가 있었지

　사막의 절벽에 화공들이 들소의 뼈를 새기고 있었지 새의 살점을 다 파먹은 바람이 여름 꽃들처럼 웃음을 흘렸지 구름의 목소리는 말의 잔등을 닮았지 방금 뒤집어 본 공중처럼 이틀에 한 번씩 꿈은 불어났지 얼음에서 비린내를 꺼냈지 날짜들이 빗물로 고여 있었지 아프리카 접시 아래 유럽 접시가 그 아래 태몽이 깔렸지 태몽이 밖으로 나와 어린 짐승들을 묶었지

　시초에 허망이 있었지

하나씩 꿈을 돌로 눌러 주는 날에 빠진 머리카락으로 새의 형상을 만들었지 바람이 하나씩 귀를 알려 주었지 비가 오면 바위틈에 앉아 빗소리를 빼내지 젖은 귀가 소리를 뚝뚝 흘리지 어둠이 적막을 들고 무겁지 바위 속으로 들어간 바람은 다시 둥근 그림이 되었지

발자국의 산란

부력을 모았던 자리, 물을 밟는 소리 차박차박 나고 처음 기울었던 쪽엔 아직 첫울음이 남아 있다 집요한 추격대 같다 새들이 떨어진다 고작 날개로 할 수 있는 일이란 인간의 영토를 하찮게 돌보는 일이다 두 발을 모아도 새처럼 날지 못한다는 것을 안다 혼자 구르는 바람은 없다

인간의 집에서 너무 오래 기다렸다
무릎이 없는 발목은 물의 내생인가

혼자 돌고 도는 멀미처럼 안구를 날아다니는 날벌레처럼 생채기가 난 구슬을 눈에 대면 바닷속 같던 눈은 젖는 부위, 눈동자는 늘 물의 근처에 살지

눈동자는 언젠가 익사할 부위, 눈이 감겨지지 않아 익사를 모면했던 적이 있다 물속에서는 손이 발이 되기도 했다

밀물 근처에서 주머니와 손은 같은 계절임을 안다

마른 빨래를 걷어 와 물비린내를 맡으면 풀 냄새가 녹

냄새 같고 풀빛과 붉은빛의 반점이 얼굴에 돋았다

　모래를 딛는 물소리
　가시를 뱉는 애인의 입에서 어린 내가 걸어 나온다

　쌓아 놓은 모래를 밟는 바람처럼 혼자 불어나는 맨발이
　물소리가 잘린 귀와 인간의 집 안을 걷는다

몸의 커서를 옮기다

들숨의 뒤끝 텅 빈 쇄골 주위를
청진기가 옮겨 다닌다

잠시 숨을 참고 있는 순간에 발각되는 것들이 있다면
그 무늬를 볼 수가 있다면
한 며칠쯤은 고요한 진공으로 보낼 수도 있을 것 같다

몸에 사선을 그어 가며 청진기가 숨을 옮긴다
숨이 빠진 녹색 심장은 주름지고
숨이 빠져나간 자리마다 소리가 고인다
손바닥에 고인 소리를 멀리 보내기 위해
손을 흔든 적이 많다

자전되어 온 것들에 귀를 댄다
짙어진 어둠이 더 짙어지기 위해 시간에 덧칠하고
내가 일으키는 소리들은 뭘까
하루 종일 듣지 않아도 꽉 찬 소리들이
귀까지 차올라도
구름 구멍으로 빠지진 않아

처방전 같은 목록을 따라 바람이 분다
소리가 물을 휘저으며 바닥으로 공명하는 것은
그림자가 디딘 자리마다
흔적을 지웠으면 하는 후회와 같아
손바닥에 날숨을 올려놓고 오래도록 바라보는 것이다

계절은 유실된 지 오래
어둠의 온도를 올려놓고 뜨거워지는 달
소리의 하구를 따라
그림자의 커서를 옮겨 보는 저녁

박명처럼 벗겨지는 웅크린 저녁을
손끝으로 일으킨다

이끼

봄 쪽 윤달에 파릇한 이끼를 주문해 놓고
돌의 무게를 레이스처럼 달아 달라고 했다

단추도 없고 주머니도 없는
웃옷과 치마를 뼈에 맞춘다
눅눅한 재봉선이 지나간 자리마다
그늘이 돋아 있다

죽은 돌에 파랗게 낀 이끼들
수의를 입으려면 저렇게 입어야지
복날에 봉숭아 물을 들여 놓고 손가락을 센다

봄날을 옮겨 다니는 골똘하는 무늬
어둠이 무럭무럭 그늘을 짠다
햇빛의 무게는 가슴 한복판에 접어 놓고
모스 부호같이 참다운 표지들,
한 번쯤 뒤집은 기억이 있는 것들은 안착을 믿지 못한다

길 끝에서의 날들,
구름 아래로 하늘이 흘러간다

모든 그림자는 누워 있고
저쪽, 야생 대마초 밭엔 일렁이는 이끼가 푸르다
돌은 바깥에 그늘을 만드는구나
윤달 같은 저곳에 갈 때는
돌에게 파란 이끼를 빌려 입어 볼까

스무 살 하늘은 노랗고 낮달은 파랗고 노을은 희다
누가 섞어 놓고 간 시간들,
달려가는 모터사이클 소리엔 뒷자리가 많다

죽은 돌들이 뒹구는 연도에 태어난 씨앗들의 과밀(過密)이
가봉 선을 따라 서 있다
오래 기다렸으나 순간이 없다

제4부

바벨의 노래

무엇이든지 불러야 하는 저녁 알 수 없는 말로 노래를 불렀다 어둠에게 조금씩 살을 줄 때마다 노래 속으로 신호등이 켜지고 닫힌 불빛들이 흘러간다 밝은 기억이란 고작 어둔 하늘을 비행하는 일뿐인가 당신이라는 말은 섬유질에 싸인 꼬리 같다 긴 별은 녹은 별인가 기억을 불러와 이방의 노래를 한다 습한 음은 휘어지다 떨리다 보지 못하는 얼굴이다 쇠는 힘이 떨어질 때 녹이 슨다 녹스는 음들 알 수 없는 단어는 알 수 없는 음이 된다

노래를 부른다 민들레가 까만 귀를 여는 밤 검푸르게 빛나는 것은 당신이라는 낮의 뒷면이다 손풍금을 떠올리면 끊어졌다 이어졌다 하는 후렴구의 박자들 절개지마다 꽃잎을 올려놓는다

어둠이 흰 건반처럼 빛나 꿈꿀 수 없다 노래가 아닐 때 고음은 가장 높다 고음을 상상할 때마다 머리에 두 개의 뿔이 튀어나왔다 몸에서 풍선 팔이 나와 나풀거렸다 악기를 걸게 하고 노래를 불렀다 만나는 담장마다 아는 체 머리를 들이밀었다

나의 비탈진 중력

비탈진 곳에 서 있었다
그때 나의 절반에서 딱 한 눈금 더한 무게로 서 있었다

나는 비스듬했지만
비스듬한 사람이 아니었다

딱 한 눈금 벌어 난 절반의 바깥을 견디고 있다
절반의 나뭇잎을 먹어 치우고 추워지는 벌레들처럼
나뭇가지에 앉은 새들이
공중으로 후드득 떨어지듯

절반은 늘 자유롭고
언제든 이쪽이나 저쪽이 될 준비가 되어 있지만
우리는 딱 한 눈금에 시달린다
한 눈금은 절반보다 더 자유롭거나
뚜렷한 자의식을 도려낼 생각을 한다

기다렸던 기척이
절반의 기억을 뒤집어 놓듯
잠을 뒤척이는 일도

서 있다 발을 바꾸는 일도
절반을 넘나드는 눈금의 자의적 일탈,
절반이 흔들릴 때마다
깨어나는 절반

비탈길은 이미 알고 있다
언제나 극복할 수 있는 경사도가
주변 어디에나 있다는 것을

가파른 눈물, 평평한 한숨
이미 내 편을 떠난 웃음,
켜를 일으키는 물결의 무늬로 서 있는

누가 나의 무게를 묻는다면
갸웃하는 방향이라고 대답한다

부비동

어쩌다 이 상층부까지 날아와 있나
냄새들이 압정에 꽂혀 말라 가는 동굴
냄새에도 지문이 있다면
점무늬일 것이다

냄새는 그리운 것들에게서만 난다는 듯 저편에 있다

꽃병이 있는 정물화 같은 바람은 화살을 쏘며 뒷면을 보
여 준다 냄새의 날개들이 최후의 플래시를 켜는 곳 콧속에
는 여덟 개의 동굴이 있다

그중 나비동굴은 숨의 통로,
공기 흘림법의 내재 같은 것

병이 병을 첨가하듯
우리는 우리의 미장센을 병처럼 들고 살지
빈 병이 긴 휘파람 소리를 낸다
공명하는 것들은 한 번쯤 아팠던 흔적들일까
구름은 지나가는 것들의 그림자일까

폭우 속에서 말을 꺼내는 새들처럼
몸에서 나무 부러지는 소리가 날 때
코가 없는 소행성이 있다면
이비인후과도 없겠지

코가 떨어진 종유석 같은 봄, 코 씻은 계절이 반딧불처럼 환하다

수형의 봄이 부르는 무조음(無潮音)이 화천(火川) 같다
봄은 숨뇌와 숨뇌를 싸고 계절을 통과하고 있다

●부비동: 코의 부속 동굴.

사라진 남자

잠실역에서 잠실나루역으로 들어오면
밖은 사라진다
사라진 밖에서 한 남자가 사라진다
지하철은 오래 정차했다
역원들이 선로에 뛰어든 남자의 주변을 치우고 있었다

삼십 분 동안 지하철이 웅성거렸다
누군가의 치워진 밖을 내다보았다

그는 꼬리지느러미를 흔들며 이곳까지 왔을 것이다
빙하의 물기가 묻어 있었고
물은 잠실나루역에 고여 있었을 것이다

오늘이 가기 전에 그는 다른 물가에 다다르리라
제 꼬리를 물고 다시 도착하는 순환선을 타지 못할 것
이고
이 역에 다시 내리는 일은 없을 것이다

지하철 문은 열리지 않았다
아는 것을 묻는 질문처럼 수습이 끝난 모양이었다

갑자기 거센 물살을 만난 듯
지하철이 요동치기 시작했다

어디로도 가닿지 않는 길

—　가늘고 긴 햇빛의 꼬리가 한 줄 실로 풀어져 나오고 있
다 해도

창을 긁어 대는 안개처럼 나는 우글거리는 존재
너의 눈을 흔들어 마음에 바쳐라
머리에 작은 핀을 꽂아 가지런함을 예우합니다

세상엔 두근거리는 햇살이나
똑똑 떨어지는 잠이 깊을 때도 있습니다

창문의 고도가 귀를 막고 올라옵니다
오늘 나는 저급론자, 사과의 붉은 길을 따라
무계절의 사과를 깎을 것입니다
모든 사과들은 노을을 차용합니다
건기의 사슬이 구름을 끌어와 강을 들여놓습니다

이가 곱는 이름이 있듯
서쪽 저녁은 붉은 껍질을 벗기기도 합니다

—　깎인 절벽에 집 한 채 짓다가 돌아간 달이 높습니다

모든 문패의 이름들은 다 비문입니다

모일수록 모여 있는 편린을 따라 새들이 날아갑니다
수수방관한 세상을 엿보려고 꽃은
바깥으로 이파리 하나를 버리고 있습니다

시차를 건너오는 몸의 귀환들이 똑딱거립니다
뼈의 두근거림으로
한 목숨의 절기로
실을 풀어놓습니다

실은 묶여도 끝이고 풀려도 끝입니다

●너의 눈을 흔들어 마음에 바쳐라: 김인배 작가의 그림 제목.

외알박이 안경

눈을 버리고야 눈이 된 어둠
깨진 안경의 배후처럼
얼굴도 가지지 않고 떠도는 눈

새들이 배 속으로 씨앗을 흘려보내는 한 평 방
사라지는 것들의 끝이 창이 된다는 이가 있었다
검은 눈이 천천히 긁어 가는 직선은 어떤 밑줄일까
어둠이 될 때까지 기다림은
꽃말을 적어 놓은 식물의 사생활 같았다

다물어서 다물어진 겨울 꽃망울
한쪽 눈으로 바라보는 절벽
절벽은 절벽으로 승부하고
어둠은 어둠으로 환해지는데

문틈으로 아귀가 맞지 않는 빛
한쪽 눈으로 뷰파인더에 눈을 대는 일과 같아

방이 따뜻하면
내 안의 문장도 따뜻할 거라는 새벽

한쪽 눈을 잃고야 말겠다는 사진사처럼
풍경이 지상으로 내려오는 질문을 편집하거나
이 빛에서 분리되기를 기다리는
어둠의 지간마다

언제나 거기, 현상의 프레임은 손끝의 탓

캄캄한 뷰파인더 안의 세상은
누군가가 맡겨 놓은 눈동자

우리들의 공중 사용법

처음 공중을 뜯었을 때
그 속에는
구름 빛깔의 속지가 있었지

공깃돌은 흩어지기를 좋아해서
자꾸 다른 손등을 탐냈었고
굴러떨어지는 건 늘 오후여서 캄캄한 소리를 냈었다
비어 있는 상자에서 소리들이 굴러다녔다

서랍에 밀어 넣은 손등에 닿은 건 난서(亂書)였다
새들이 지그재그 몸을 그어 대면
공중은 어둑하게 구겨지고
날개는 공중의 혈관이라고들 했다

들판을 싫증 내는 공중
간극에 집을 짓는 것들이 구름을 몰아가면
새의 집들이 일제히 부화기를 끝내고 날아오른다

이미 짝지어진 곡선과
곡선은 양쪽의 눈이다

우리의 시야는 리본 모양의 안부에 묶여 있고
뜯다 만 공중에는 갸웃거리는 고개가 여럿 들어 있다
우리의 수줍음은
짧은 치마를 입고 있었다

손 모양 음표가 검은 구름을 불러 세운다
우리는 독주하는 방향
마주치는 손바닥 사이에 살던 새
그것은 우리들의 공중 사용법이었다

공깃돌 하나가 톡 떨어지고
위아래가 없는 여름에 잠시 서 있었다

진통제

밤은 밤인 채
아무리 생각해도 모르는 건 모른 채
밖의 어둠은 이해하지도 않고 흘러가요

책상에 직각으로 앉아
오래 아껴 두었던 날씨처럼
주황색 불빛을 켜 놔요

발자국들이 입술을 꾹 밟아요
바람을 받쳐 두고 조금 흔들릴 수도 있어요
가깝게 더 가까이에서
열여섯 개로 쪼개지는 그림자를
짖어 대는 개에게 하나씩 나눠 준다면

푹 젖어 안개로 휘감긴 숲을
나오기 위해서 손을 뻗치는 나뭇가지처럼
나는 미로에 남은 마지막 한 사람
어둠은 무엇을 감추고 있나요
오월은 파랗게 질려 있나요

책상 스탠드 불빛은 휘고
빈혈은 병뚜껑처럼 돌아요
달을 눈에 끼우고
어둠을 바늘로 톡 티트려요

알약 같은 어둠이 하얀 옷에 번져요
진통제처럼 진통제처럼

타임 슬립, 說

재빛 커튼으로 꿈을 꾸는 형벌이 있다는 說
극형의 선고는 감옥 이전으로 돌아가 탈옥을 한다거나
어둠의 친구들이 몰려와 한 계절이 삭제되고
우리는 모두 없었던 사람들
흐릿한 활자처럼 조금씩 지워진다는 說

당신이 문들 중 하나를 통과하면
어떻게 옆방에 표정이 들겠습니까
먼 방의 도착에 이르기까지 얼마나 많은 문에
당신은 합격해야 합니까

얼굴이 얼어붙을 때마다 하루씩 젊어지는 유령들
매일 다른 꿈을 꾸고 꿈속으로 다른 물건을 부쳐도

해가 돋기 전이나 해가 진 뒤 그때 어둠처럼

모두의 계단이 하나씩 지워져 모두가 건물이 되어 가거나
얼굴 이전의 몽타주로 돌아갈 수 있다는 說

바람의 모각(毛角)마다 음역을 새기는

세상의 삼수변은 독립해서 쓰이지 않는다는

칠월을 다른 이름으로 부르고 싶은 것은
버드나무 실가지가 아프게 보이기 때문
무수한 그림자를 찍어 대는 해처럼
사과의 슬픔이 한 칸씩 뒤로 밀려나면

사람들은 똑바로 선 채 나이가 들고
인간에서 아담으로 생각들은 얼음과 같아
걸어서 어둠의 끝에 다다를 수 없다는 說

●해가 돋기 전이나 해가 진 뒤 그때 어둠처럼: '묘(杳)' 자의 사전적 정의.

기흉

바람이 끊임없이 새어 든다는 곳,

폐로 시작되는 폐허엔
염증에조차 바람이 가득 차 있다
부엽의 바람에 헛뿌리를 댄다

검은 안대의 불안들이 소리를 밟고 와 어둠을 듣는다 창
문에 뇌 없는 날들이 바깥이나 혹은 안쪽으로 붙어 있다
몇 개의 기낭으로 버티기에는 바람이 모자란다

시작이 이름이 되는 것들이 있다
어느 독이든 혀를 먼저 죽이지는 못한다
깊이 들이마시는 외래(外來)
부연이 흐르다 다시 시도할 이름이 없을 때까지
바람의 뼈만 본다

빙카꽃처럼 파란 불안이 어둠에 불을 지르면
바람은 파랗게 폐허에 논다
몇 번을 접은 눈빛, 바람은 그 안쪽이 통증이었을까
어떤 호흡은 폐가 아프지 않고 입술이 아팠다

맨 마지막까지 데워지기만 할
호흡과 느릿한 증언

바람만 기억하는 구멍
산종(散種)하는 기억들

바늘구멍만 한 기억이 운동장만 한 기억으로 부풀고
절기마다 몸에 구멍을 내거나 구멍이 되는
바람을 발음하기 위해
어금니 속에 기흉을 파종하는 일이 잦다

적소(謫所)

나는 적소를 흘러 다녔다

꿈 바깥으로 뱉어 낸 말에
잠이 깬 새벽,
어디를 흘러 다녔을까 적소는

사전에 적소란 소엽(赤蘇)이거나 적굴(賊窟)이거나
꼭 알맞은 자리이거나 귀양지라는데

페름기의 어둠은 어디를 흘러 여기까지 온 걸까
비린 방마다 돋는 풀은 새벽별이 초록의 눈을 맞추거나
죽은 날벌레가 흔들려도 피하지 않는다
밤새 왜 눈물을 만드는지 몰라도
죽은 청춘이 눕는
투명한 새벽의 연한 풀이기를 그때,

황새가 유년을 물고 도둑의 소굴로 쳐들어간다면
유행 패션을 벗고 별 모양의 은전을 나눠 주겠다
모두스 비벤디 퍼즐 같은 혁명을 입고
서자로 태어난 가혹을 요구로 바꿔 주는

거무튀튀한 얼굴이라도 활빈당이기를

그렇게, 홀씨처럼 떠돌다
어린 송아지의 화관이 아니더라도
수세미가 열리는 담장 아래가 아니더라도
후생은 관처럼 꼭 맞는
꼭 알맞은 자리이기를

옹이가 박히는 나무로라도 난간을 붙잡는 귀양지는
바닷빛에 눈이 먼 강진이기를

여기,
나는 적재(適材)도 없는
어느 적소(適所)를 흘러 다녔다

우리 집에는 손이 가득할까요

혼자 겉도는 바깥은 우기를 싫어했지만
비가 오면 꿈을 꾸었어요

엘리베이터에 갇혀서 꼼짝 못 하고 있는 꿈,
몸을 오르내리는 빗방울들이 차올랐어요
빗방울들은 모이면 날개가 되지만
사람과 사람 사이에 갇히는 건
손뿐이었어요

우리는 손을 가둔 사이인가요
손을 잡는다는 것은 흔들리는 감정을 맞춰 보자는 거지요

어둠에 입을 넣는다는 거
작은 돌멩이에 공들인 짝짝이 손들이 많은 우리 집
꼭 쥔 손에는 출구는 있기는 한지

떠오르기 위해 더 깊이 빠져야 해요
이곳에서는 모든 소리를 다 쓰고도 주머니 하나쯤 남
겨야 했지만
목청은 뒤집어도 소음이에요

물 위에 둥둥 떠 있는 꽃병처럼 허우적거린 손
허우적거리는 손은 자유로운 건가요

누른 층으로 출발하는 어둠은
다시 처음의 어둠으로 돌아오나요

천천히 엘리베이터 문이 열리고 밖으로 나왔지만
무엇을 잡은 손이 내 손이 아니라는 것을 알아채곤
등 뒤로 던져 버렸죠

제5부

빗방울이 미끄러지는 냄새가 나는 사람

빗방울보다 더 미끄러운 사람이 있다
분명 빗방울보다 먼 사람이 있다
미끄러지는 냄새
동그란 것은 몇 배속으로 더 동그래지고

급정거가 급정거를 길게
늘이는 냄새

표면으로 지은 이름
어떤 내부도 들춰 보지 않은 이름
떨어지는 빗방울에도 내부가 있을까

부서진 빗방울의 흔적으로 지은 이름의 사람
엇갈리는 순간으로 지루함을 이야기한다
참는 냄새에서
끌려간 흔적이 보이는 사람
파문으로 확인되는 일들은 빗방울에게 물어보면 될까

공기의 표면들엔
동그란 상처들이 나 있다

오늘은 비가 내려
바다는 조금 싱거워졌을까
많고 적은 것 중 냄새는 어느 쪽에 더 많을까
연속은 하나일까
아침과 저녁이라는 말엔 적어도
사십육억 번의 반복이 나뉘어 들어 있다면
빗방울의 저녁은 절반의 연속일까

어떤 숲을 지나왔을까?
쏴쏴쏴, 주룩주룩, 후두둑
어느 소리가 진짜 혐의들일까

들이치는 빗방울들이 묻어 저녁의 창문에는
영원에 고정된 이름의 사람이
아직도 서 있다

우리의 각도

우리의 시선이 공간을 떠돌 때
방 안은 억양 없는 새소리를 내고
햇볕은 아침으로 왔으니, 우리는

여러 개의 얼굴이 하나의 얼굴로 모인 관계
각이 진다는 건 어디 접혀 있는 억양이 있다는 것이고
우리는 방 안의 목소리로 모인 관계
저릿한 팔베개에는 새소리가 배어 있어 버렸고
그 접힌 자리에 방 하나 들이는 궁리를 한다

새들의 날개에는 접은 흔적의 부력
기준은 언제나 불안한 착지
그런 부끄러운 기울기로 미끄럼틀을 탈 때마다 생기는
비스듬한 불화

사랑하다 구부러진 억양들

몇 번의 역류 계절을 다녀온 등에 각이 생겼다
저녁의 사물들은 흐려지려 공면(共勉)하고
새들의 발목에는 바람의 각이 생긴다

낡은 악기로 다음 생을 지나가려는 것이나
없는 손을 잡고 견뎌 보는 것 같은 각도

목련나무들이 해를 들여놓는 동안
날개 없이 날아온 꿈에서 나는 내려오지도 못하고 있다

엎드린 눈(雪)의 등,
저녁은 얼굴 안에 있고 모든 얼굴은 불화의 각을 갖는다

편련통(片戀痛)

믿는 것보다 더 먼저 있는 것들이 있지

해가 다시 뜨는 것을 믿지 않았다
서해안 바닷가나 제주도 바닷가를 삶아서 복용하면 낫
는다는 병
혼자 구르는 가락바퀴에 잃어버린 방향들이 살고
아주 잠깐, 굴러가는 실연을 믿지 않았다
귀의 절반을 난청으로 채우고 나서 듣는
침묵과 밤이 잠들지 않는
쓱쓱 날개 자르는 소리를 믿지 않았다

허리띠에 늘어나는 구멍들이 두근거린다
잘못 들어선 발목이 마음을 부린다는 것을
발목은 혼자 돌아서지 못한다는 말에 오래 머문다

해변을 믿지 않았고 일몰이 간다는 방향도 믿지 않았다

오늘 밤도 차다
동면을 앓는다

날개를 열고 새들이 기운다 겨울의 기록은 이마를 식히
는 언어로 쓰였으면 좋았을걸

　　비가 온 후, 뱀이 돌무덤에 나와 몸을 말리는 것처럼 보
이는 것은 시속이었고 나무들은 컴컴했다

　　믿는 것보다 먼저 있는 것들이 있지
　　계절이었고 새들도 편련통을 앓는다는 것을 믿지 않았다

발자국은 겨울에만

빈 발자국의 오후들이 녹고 있다
운동장을 돌며 발자국을 쓸어 모았지
발 위에 발, 그 위에 누군가 벗어 놓은 발자국에 눈동자를 올려놓지
어린 침묵이 눈동자를 굴리지 연못이 되었지 꽃무늬 신발을 기다리고 있었지
누군가 놓고 간 발자국이 내 몸에서 쏟아졌지
짝이 맞지 않는 발자국을 신었지
내가 벗어 놓은 발자국엔 출구 없는 입구만 넓었지

발자국 안으로 공을 굴리던 날 바람은 발자국을 조금씩 떼어 갔었지
사라진 신발들의 사이즈를 사랑했어
아무리 걸어도 도달할 수 없는 앙증맞은 신발의 한때 고정된 사이즈에서부터 지겨운 말들이 튀어나왔어
낙엽을 닮은 신발만 신고 지냈어
날아가고 싶었으니까 부서지고 싶었으니까

운동장 가득 발자국은 시끄러웠지
겨울이었고 새들의 발자국은 빨갛게 물들었지

버스 의자 밑을 신고 돌아온 날 신발을 얌전히 벗어 놓고 발톱을 깎았지 처음 본 발이었지 물에 오래 담가 두었지

바람에 붙잡힌 곳에서 발자국들은 엉켜 있었지
공중의 한때가 그리워 발자국은 발을 벗었지
햇살이 발자국을 자꾸 먹어 치웠지
넓은 눈밭에 누군가 벗어 놓고 간 발자국 한 쌍이 여전히 그립지

고래들의 환유

십이월을 지나는 고래자리는 어둡다
세상의 등대들을 따라 선을 그으면
고래의 귀 모양이 된다

공중을 수면과 섞으면 고래의 눈이 되고
고래들의 상형문자는 저녁 무렵의 윤슬이 된다

고래의 지느러미를 생각한다 행성에서 쫓겨난 다른 행
성의 비린내가 난다 별을 횡단한 고래들은 자신들의 눈을
더 이상 믿지 않았다

고래의 눈을 들여다보면
오랜 연력(年歷)에 물이 찰랑거린다
찢어진 수면을 몸으로 기우며 말을 바꾸는
고래들의 언어에는 외로움이 있다
물 밖으로 몸을 내밀 때
수면의 손목들은 희고 쓸쓸하다

외로운 것들은 흰빛을 지닌다 딱딱한 수면같이 고래는
수염으로 공중을 묶어 놓고 해석되지 않으려 한다

고래가 귀를 버린 일
이대로라면 바다가 편지지가 되겠지

멀미를 하는 말들로 쓰인 고래들의 사전
푸른 잉크가 쏟아진다

상호 공존과 존재의 도래를 위한 역설의 회로

신수진(문학평론가)

1. 부재와 결핍으로부터 시작되는 오르페우스의 노래

『그리스 신화』 속에서 가장 유명한 시인이자 음악가였던 오르페우스는 사랑하는 아내 에우리디케가 뱀에 물려 죽자 그녀를 되찾기 위해 명부까지 내려간다. 오르페우스는 에우리디케를 풀어 줄 것을 간청하며 하데스 앞에서 리라를 연주하며 노래를 부른다. 이때 결코 멈춘 적 없는 지옥의 모든 형벌조차 그 아름다움에 멈추었고 하데스와 페르세포네마저 감동을 받는다. 하데스는 오르페우스에게 에우리디케를 내주는 대신 지상으로 나갈 때까지 절대로 뒤를 돌아보면 안 된다는 금기를 주지만 오르페우스는 멀리 빛이 어리며 지상으로 빠져나오려고 할 때 에우리디케가 잘 따라왔는지 뒤돌아보고 만다.

뒤돌아본 순간 사라져 버린 에우리디케처럼 시는 현현되리라 믿었던 바로 그 찰나에 사라져 버린다. 오르페우스의 노래는 에우리디케를 잃고 홀로 귀환한 뒤 그 부재와 결핍으로부터 시작된다. 절대적 상실과 결여의 고통 속에서, 신성모독과 금기 위반의 반항 너머에서, 필연적인 몰락과 방랑의 역사 중에서, 마침내 시는 탄생한다. 시는 불가능성으로 점철된 파고 속에서 자기 운명의 부름에 응답하는 역설적인 형식이다.

이미화 시인은 "불러도 명명되지 않는 것들을 모았다"고 했다(「시인의 말」). 불러도 명명되지 않는 것들을 시라고 한다면 그것은 저 지하 세계로 영영 떠나 버린 에우리디케를 향한 전언일 것이다. 시인의 노래가 없는 대상과 잃어버린 세계에 천착하고 있다면 그것은 더 이상 사랑의 언어나 이 세계의 것으로 명명되지 않을 것이다. 시인은 '빛', '어둠', '허공', '바람', '언어', '울음', '노래', '얼굴'과 같은 시어들을 통해 시적 자아와 세계의 창조적 성립과 관계에 주목한다. 불완전한 자신에 대한 치열한 탐구이자 불가해한 세계에 대한 무한한 사랑으로서 상호 공존과 존재의 도래를 위한 역설의 회로를 미학적 장치로 호명하고 작동시키고 있는 시인은 교란하며 붕괴되는 실존과 의미의 차원 그 너머를 보게 한다.

2. '나'를 횡단하는 실험과 '너'와 공존하는 모험

자신의 존재에 대해서 온몸으로 육박해 가는 도저한 투쟁과 어쩌면 자신의 본질에 대해서 영영 알 수 없으리라는 불온한 예감을 끝까지 밀고 가는 사람으로서 '나'는 매일 다

른 목소리, 매일 태어나는 얼굴, 매일 사라지는 생각의 환
영들을 목도한다. 누구나 자신을 온전히 다 알지 못한다.
사람은 다면체이기 때문이다. 그 이후가 문제일 것이다.

　　내가 나를 처음 알게 된 때는 아마도 울음이 아니었을까
　싶어요 그 울음이 바깥을 흔드는 것이 아니라 안쪽을 흔든
　다는 것을 알았을 거예요

　　반대로 웃음은 타인으로부터 배웠을 것이고요
　　울음을 울 때는 내가 내 옆에 있는 것 같고
　　웃을 때는 타인이 내 옆에 있는 것 같으니까요

　　이런, 내 울음은 버릇이 없군요
　　웃음은 늘 가리는 방법이 있었지만
　　돌아서서 웃을 수 있지만
　　울음은 돌아서서 울어도 감춰지지가 않아요

　　나는 다른 사람보다도
　　나를 몰라요
　　계속 타인의 질문을 돌고 있으니까요
　　　　　　　　　　　　　　　　—「나는, 내가 아는 사람」 부분

　'나'는 "다른 사람보다도/나를" 모르는 사람이고 '나'는 "나
에게 외면받은 적이 있"는 사람이다. 시적 화자가 자기 자신

에 대해 말하고 있는 자기 고백적인 이 시는 마치 시집의 서
시처럼 읽힌다. 아마도 계속해서 시를 쓰고 있는 시인의 내
적 동기라고도 할 수 있을 것이기 때문이다. 여기에는 자기
자신조차 자신을 미처 다 알지 못함에 대한 인정과 세계와
불화하는 한 어떤 진실도 다 말해질 수 없음에 대한 각성이
있다. '나'는 "미로에 남은 마지막 한 사람"이다(「진통제」).

　태초의 울음이 "바깥을 흔드는 것이 아니라 안쪽을 흔
든다는 것을 알았을 거"라는 기억, 그 울음을 통해서 자신
을 처음 자각했으리라는 짐작은, 웃음보다 울음에 훨씬 더
큰 친연성을 갖고 있는 '나'의 특성을 보다 소상히 이해할
수 있도록 해 준다. '나'는 새의 부리만 봐도 "길거나 짧은/
울음의 종류"를 간파하는 사람이고(「스치는 사람」) "처음 나
온 눈물은 가장 처음의 살점"이라고 기억하는 사람이다(「장
서표」). 웃음은 "돌아서서 웃을 수 있지만" 울음은 "돌아서서
울어도 감춰지지가 않"는다는 '나'의 고백은 울음을 장전한
채 버텨 온 한 생의 이력을 대신하고 있다.

　'나'는 웃음과 울음, 질문과 대답, 아는 것과 모르는 것 사
이를 오가며 생각한다. 이때 '나'에 대한 이해는 언제나 '너'
에 대한 이해와 양립한다. 일인칭 주체의 시점만 가져서는
절대로 자기 자신을 자족시키거나 성립시킬 수 없다. 그때
주체 앞에 선 타자들은 주체의 자기 복제나 무한 증식에 불
과하기 때문이다. '나'는 '너'와 마주한 순간에 한해서만 '나'
로 존립 가능하다. '나'는 자신을 둘러싼 타자들과 조우하고
작용하면서 비로소 자신을 객관화하고 수긍하게 된다. "나

의 단추를 내 손으로 채울 때마다/타인의 숨소리가 들"리는 것도 이 때문이다(「하녀의 방향」).

"그네를 밀어 줘요"라고 부탁하듯 그네가 저 멀리 갔다가도 금방 원래 있던 자리로 되돌아오듯 '나'는 한껏 흔들리고 흔들린다. 이 결연한 반동과 저항의 진동으로 중심이 무너지는 순간이라야 비로소 "고요한 정점"에 잠시 가닿을 수 있는 것이다. 그곳은 '나'를 횡단하는 실험과 '너'와 공존하는 모험을 지속해 갈 때 마침내 맞이하게 될 것이다.(「나는, 내가 아는 사람」)

3. 부정과 부재의 오브제와 사물의 잠재적인 가능태

『구약성경』의 「창세기」 11장에는 고대 도시 바빌로니아의 사람들이 하늘에 닿는 탑을 쌓는 장면이 나온다. 그 오만함에 노여워한 신은 사람의 말을 제각각으로 만들고 사람들을 온 땅으로 흩어 놓는다. 이로 인해 '바벨(Babel)'은 '혼란', '뒤섞다', '불가능한 계획', '신의 문' 등의 의미로 쓰인다. 시집에서는 어떤 사람도, 감정도, 사건도 판단하거나 규정하거나 해석하지 않는다. "우리는 모두 없었던 사람들"이고 "모두의 계단이 하나씩 지워"지는 부정과 부재의 오브제들만이 무한하고 빛나는 폐허를 축조한다(「타임 슬립, 說」).

무엇이든지 불러야 하는 저녁 알 수 없는 말로 노래를 불렀다 어둠에게 조금씩 살을 줄 때마다 노래 속으로 신호등이 커지고 닫힌 불빛들이 흘러간다 밝은 기억이란 고작 어둔 하늘을 비행하는 일뿐인가 당신이라는 말은 섬유질에 싸인 꼬리 같다 긴 별은 녹은 별인가 기억을 불러와 이방의 노래를 한다 습한 음은 휘어지다 떨리다 보지 못하는 얼굴이다 쇠는 힘이 떨어질 때 녹이 슨다 녹스는 음들 알 수 없는 단어는 알 수 없는 음이 된다

—「바벨의 노래」 부분

"무엇이든지 불러야 하는 저녁"이므로 '나'는 "알 수 없는 말로 노래를" 부른다. 노래를 부르고 싶었던 것도 아니고 무엇이든지 부를 수밖에 없었다는 이 강제와 필요는 노래가 저절로 범람하는 불가피한 현상이며 노래를 스스로 받드는 불수의적 증상이다. 이 문장은 자의적인 선택과 의지가 배제된 채 자동적으로 재생되는 노래의 출처와 성질을 밝혀 둔다. 통제 불가의 사태로 노래가 발현되고 도취의 상태로 노래가 확장되는 엑스터시의 전형이다.

정신과 육체, 이성과 감정, 사고와 감각이 온통 전도되고 혼재되며 영합할 때 '나'는 "알 수 없는 말"로 노래를 부른다. 이는 의도도 전제되지 않고 의미도 부여되지 않고 해독도 가능하지 않은 캄캄한 미지의 불가능성에 당도한다. 무엇이라도 불러야 할 때 입에서 나오는 것은 알 수 없는 웅얼거림, 비명, 신음과 같은 소리들이다. 어차피 노래는 언어나 논리로 질서 정연하고 투명하게 전해지는 것이 아니며 비언어와 혼돈 그리고 무질서와 불투명의 진폭으로 울리는 것이다. 그렇게 "어둠에게 조금씩 살을 줄 때마다 노

래 속으로 신호등이 켜지고 닫힌 불빛들이 흘러간다".

 "습한 음", "녹스는 음" 그래서 "알 수 없는 음"이 되고 마는 노래는 빛과 어둠이 교차되고 박자와 박자가 끊어지며 기억과 상상이 겹치는 밤하늘을 비행한다. 제 몸을 태워야 별이 되고, 부재하는 당신이 있어 '나'의 염원이 시작되며, 노래가 아닐 때 가장 높은 음에 도달할 수 있다. 이 역설의 원리가 시집 전체를 관통하는 하나의 축인 것이다.

쇄빙선 한 척이 느릿하게 빠져나가는 오후,

봄은 파열음으로 물결 운(雲)이다

날렵한 꼬리에 쌍떡잎 머리를 하고 있는 봄

녹다 만 달의 조각이 돌 틈에 끼어 있다

후룬의 힘들이 프로펠러에 묻어 있고

씨앗들은 회전하는 방향을 가늠하고 있겠지

―「쇄빙선」부분

어쩌다 이 상층부까지 날아와 있나

냄새들이 압정에 꽂혀 말라 가는 동굴

냄새에도 지문이 있다면

점무늬일 것이다

냄새는 그리운 것들에게서만 난다는 듯 저편에 있다

―「부비동」부분

첫 번째 인용 시에서 '나'는 "범고래 떼 같은 햇살이 몰려오는 방향"으로 봄꽃들이 만개할 때 북극과 남극의 계절이 바뀌는 것을, 해와 달이 번갈아 자리를 내주는 것을, 달력이 넘어가고 농법일지가 인쇄되는 것을, 온몸의 촉수로 감지한다. 얼음을 부수며 바다로 나아가는 쇄빙선처럼 봄의 기운 속에서 물결치며 움트는 생명의 약동을 공감각적으로 그리고 있는 시다. 봄의 한가운데를 뚫고 가는 이 "파열음"은 기존의 현상과 위계를 깨뜨리고 밀고 가면서 새로운 감각과 인식을 만들고자 하는 의지를 표명한다.

두 번째 인용 시에도 역시 "냄새들이 압정에 꽂혀 말라가는 동굴", "냄새에도 지문이 있다면/점무늬일 것"이라는 식의 공감각적 심상이 두드러진다. 그리움의 정서는 냄새라는 후각으로 치환되고 점무늬 지문이라는 시각으로 박제되며 다시 촉각 등으로 전이된다. 그런데 시에서 묘사되는 시각, 청각, 후각, 미각, 촉각의 느낌은 분화되고 특성화된 육체적 감각을 지시하고 있지 아니하며 어떤 한계나 억압을 전복해 가듯이 실체와 제약으로부터 자유롭게 비상한다. "자꾸 물가로 가는 난청"이다(「연민의 반쪽」). 명징한 인식과 섬세한 감각에 대한 포착이나 묘사가 아니라 착란과 착오의 언술들이 융합하고 전회하는 것이다. 이를테면 사물의 잠재적인 가능태 같은 것들, 너무 작아서 보이지 않는 세계나 너무 커서 볼 수 없는 세계, 이미 지나가 버렸거나 아직 오지 않은 시간, 이성으로 설명하거나 통제할 수 없지만 불현듯 찾아오는 영감 같은 것들 말이다.

현기증 나는 도착과 비상을 가시화하고 구조화하는 것은 '바람'이다. 예컨대 내용물을 담지 않은 "빈 병"이어야만 "긴 휘파람 소리"를 낼 수 있듯 텅 빈 제 몸은 음악을 위한 악기 그 자체로 환원된다. 버려지고 잊혀지고 상처받은 것들, 잃어버리고 빼앗기고 망가진 것들, 노여워하고 슬퍼하고 증오했던 것들은 이제 저기 "저편에 있다". "숨의 통로"에는 비로소 "공기 흘림법"을 내재하듯 '바람'이 지난다. '바람'은 경험하지 않은 세계나 감각되지 않은 세계의 지평을 지금 여기로 호명하고 재현할 뿐 아니라 새로운 질서로 승인하고 재편해 낸다.

새로운 감각의 발명과 '바람'의 역설 구도를 지나며 이제 '병(甁)'은 자꾸만 '병(病)'으로 읽힌다. 그런데 이 '병'은 고통과 비탄으로만 점철된 것이 아니라 화해롭고 치유적인 것으로 전환된다. "공명하는 것들은 한 번쯤 아팠던 흔적들일까" 제 안에 아무것도 갖지 않아야 마침내 그 공백으로부터 소리가 나는 '병'과, 합리적인 감각이나 추론으로는 감지할 수도 회복할 수도 없는 '병' 사이에, 시인이 있다. 기적을 일으키진 못해도 '바람'을 일으킬 순 있으므로 시인은 시를 쓴다.

'나'는 획일적인 시스템과 가속도의 현실을 비껴가기 위해 숨죽이고 안달하면서 기꺼이 음모를 꿈꾼다. 시의 방식은 현실의 딜레마와 대결하고 극복하기 위해 진군하는 것이 아니라 차라리 자신이 처한 모순과 부당을 끌어안고 그마저도 이해하고 사랑하기 위해 안간힘을 쓰는 것이다. 그래서 시는 어떤 다른 차원에 당도해서 판타지를 이루는 것으로 귀결되는 것이 아니라 그 험난하고 고된 여정을 경유하여 누추하고 보잘것없는 자신으로 귀환함으로써 가까스로 계몽과 갱신의 순간을 획득한다.

4. 경험과 감각의 세계를 재현하고 재편하는 바람

"바람의 안쪽은 바람이 비 사이로 불 때 건조한 채로 남아 있는 부분이다: 밀로라드 파비치"라는 문장을 떠올려 보면 "바람의 안쪽"에는 겹겹의 '나'들이 살고 있을 것이다(「바람의 안쪽」). 오래전 한때 '나'였고 언젠가 잠시 '내'가 될 수도 있을 '나'들을 차례로 순례하면서 '나'는 세계의 중력이 작용하지 않는 이 '바람' 안쪽에다 역사와 예언을 기록한다.

팔짱 낀 저 무음의 리듬을 손끝에 묻히면
뷰파인더 안으로 노을 몇 컷 흘러들어 가 달그락거린다
달의 묵음처럼 뷰파인더 안의 파장을 더듬어
햇살을 설정해 놓고 시간을 묻는다
부유와 침몰 같은 상상의 간격을 조율한다

어둠은 벌써 떨어지려 하는데
빛 샘에 목이 부푼 햇살들을 가위질해 놓고
백 년을 비워 놓고 달려온 후생이
사진기의 셔터를 찰칵찰칵 누른다

―「화각(畫角)」 부분

결혼식장에서 신랑 신부가 바라보는 카메라의 렌즈를 프레임으로 시인은 자신이 구축하고자 하는 시의 장면을 기획한다. 사진사는 한쪽 눈을 감아야 다른 한쪽 눈으로 뷰파인더 안에 비친 피사체를 보다 더 잘 포착할 수 있다. 무음은 부유하고 침몰하는 상상의 지각변동을 더 잘 조율할 수 있다. 이러한 현상들 역시 시집의 특징 중 하나인 반대급부의 원리로 볼 수 있다. 이때도 "바람의 각은 혼자 굴러가는 풍선처럼" 예식 곳곳을 관찰하고 관통한다. 그 '바람'을 따라가다 보면 "백 년을 비워 놓고 달려온 후생"도 만날 수 있다. 그때는 알지 못했던 진실과 그때는 하지 못했던 말들은 시로 인화된다.

결핍에서 태어난 것은 우연이었다
아직도 빌려 쓸 나는
무수히 많아 얼굴만 바꾸는 역할놀이는
이제 지겨워

무릎 사이로 아버지가 빠져나가고
엄마의 치마 사이로 들어가
기차 안처럼 함께 앉아 있는 시간
홑씨가 잔뜩 묻은 바람이 되고
그림을 고르듯 불빛에 고른 것이 지금이라면
다행히 눈꺼풀이 아직 마르지 않았다면
태어나지 않아 좋았다, 나는

값이 없다는 것을 있음으로 증명하는 공집합 기호처럼 있음은 없음을 통해 되려 더 위력적으로 부상한다. 마지막은 처음으로 되돌려지고, 탄생과 죽음은 엇갈리며, 사랑과 이별이 뒤바뀌는 통과의례의 지대가 여기에 있다. "태어나지 않아 좋았다"라니. 이미 태어났을 뿐 아니라 자신의 탄생에 대해서까지 언급하고 있는 '내'가 "태어나지 않아 좋았다"고 상기하는 아이러니한 문장이다. '내'가 자주 생각하는 것은 죽음이고, 죽은 이들이고, 죽음 이전이다. 할아버지 없이 아버지가, '나' 없이 아들이, 태어나고 태어난다. 이 꿈 속에는 전생과, 밤거리와, 불빛과, 얼굴이 "흙씨가 잔뜩 묻은 바람"이 되어 날아오른다.

"색이 들춰지는 바람의 순간이 있다"고 할 때 색이 들춰지는 순간은 안 보이던 것이 보이게 되는 찬란이다(「열매를 닮은 꽃은 없다」). 거기에 없었던 것이 있게 되는 우연이다. '바람'은 정지된 것을 움직이게 하고 흔들림 속에서 무언가를 발생하도록 한다. '바람'이 불면 그 윤곽을 드러내는 꿈의 시공간은 세계의 비의를 깨닫게 하기 위한 대전제의 서막으로 개시된다. '이전의 내'가 '이후의 나'로 거듭나기 위한 필요조건이다. 그리하여 비로소 꿈으로 남았던 괄호에 가능성으로서의 '나'와 '너'라는 충분조건을 기입할 때 시는 바로 그 존재와 비존재의 틈에서 출현한다.

5. 보이는 것과 보이지 않는 것, 허공의 진지

사도 바오로는 "보이는 것을 희망하는 것은 희망이 아니"고 우리는 "보이지 않는 것을 희망하기에 인내심을 가지고 기다린다"라고 했다(『로마서』 8. 24-25). 바라고 소망하는 만큼 지금 여기는 궁핍하고 처절한 허공으로 남겨질 것이다. '너'의 부재가 전제되어야 '나'의 동기가 존재할 것이다. 없음이 있어야 있음이, 방황이 있어야 구원이, 웅크림이 있어야 도약이 가능해진다. 이 모든 복귀가 '바람'으로 현존할 것이다. 보이는 것과 보이지 않는 것 사이에서 '바람'을 일으키면서 '바람'을 이루면서 '바람'이 되는 자가 시인이다.

> 딱 한 눈금 벌어 난 절반의 바깥을 견디고 있다
> 절반의 나뭇잎을 먹어 치우고 추워지는 벌레들처럼
> 나뭇가지에 앉은 새들이
> 공중으로 후드득 떨어지듯
>
> 절반은 늘 자유롭고
> 언제든 이쪽이나 저쪽이 될 준비가 되어 있지만
> 우리는 딱 한 눈금에 시달린다
> 한 눈금은 절반보다 더 자유롭거나
> 뚜렷한 자의식을 도려낼 생각을 한다
>
> ─「나의 비탈진 중력」 부분

'내'가 서 있는 곳은 "비탈진 곳"이며 한쪽으로 기울어진 채 "딱 한 눈금 벗어 난 절반의 바깥을 견"뎌야 하는 곳이다. 정 가운데 서 있지 않고 "딱 한 눈금" 비켜서 있는 이 기우뚱한 자세가 바로 '나'의 자의식이다. "절반은 늘 자유롭"기에 "언제든 이쪽이나 저쪽이 될 준비가 되어 있지만" 바로 이 "딱 한 눈금" 때문에 자의식은 무게중심을 잃고 허물어진다. '내' 포지션이 비대칭이고 불균형이며 불안정하다는 것에서부터 "가파른 눈물"이나 "평평한 한숨"은 발로한다. 그러나 이것은 불현듯 맞닥뜨린 불가피함이나 불행이 아니라 "자의적 일탈"이며 비탈길은 "언제나 극복할 수 있는 경사도"에 불과하다.

이 기울어진 각도에서 '나'는 중간, 중립, 중도를 지향하지 않는다. 평형이나 웃음이나 안정을 획득하는 대신 '나'는 가파른 경사와 눈물과 변화 가능성을 취한다. 그것은 "절반이 흔들릴 때마다/깨어나는 절반"이다. 불안정해야 움직임은 가능해지고 한껏 반대 방향으로 몸을 꺾은 이 도움닫기를 통해서만 탄력 있는 도약도 가능하기 때문이다. 그래서 "공중은 통증의 한 종류"다(「통증의 연대기」). "갸웃하는 방향"으로서의 물리적 작용은 언제든 "켜를 일으키는 물결의 무늬로 서 있"다. 그 떨림과 뒤척임과 불안이야말로 이 시집이 행하고 있는 실험의 전제 가설이기 때문이다.

이 기울어진 각도가 '나'의 전체적인 균형을 무너뜨리고 그것은 시집에서 일관되게 언급되어 온 '허공'과도 깊은 연관이 있다. 땅도 아니고 하늘도 아닌 그 중간 지대인 '허공'에서 '나'는 이미 지나간 것과 아직 오지 않은 것을 본다. 그

것은 시인의 시선이다. 시인은 보이지 않는 것에서 보이는 것을 보고, 보이는 것에서 보이지 않는 것을 본다. "처음 공중을 뜯었을 때/그 속에는/구름 빛깔의 속지가 있었지"라고 회상한 것도 이 때문이다(「우리들의 공중 사용법」).

시인이 바라보고 있는 것은 조형 중인 것이고 결핍된 것이며 숨겨진 것이다. 그리하여 시인이 꿈꾸는 것은 완성되지 않은 것, 그래서 미완성인 채로 고정되지 않은 것, 그래서 움직이며 견고하지 않은 것, 그래서 비정형의 것이다. "캄캄한 바다가 달리고 허공이 덜컹거리는 아름다운 레일"이다(「연민의 반쪽」). 결핍된 존재는 아직 숨겨져 있는 것의 다른 형태이며 오히려 그러한 숨김의 깊이로써 존재의 본질을 현현해 낼 수 있음을 역설했던 블랑쇼를 상기하지 않더라도 이별, 은폐, 누락과 같은 시의 부재 상태는 도리어 존재를 회귀시키는 가장 역력한 동기가 된다.

사라진 것이나 상실한 것과 같은 허망과 절망이 눈부신 이유는 이 장면이 직설적으로 존재의 종말이나 죽음을 가리키는 것이 아니라 외연에 드러난 부재의 상태 즉 아무것도 없는 '허공' 너머에 가려지고 감춰진 존재들을 귀환하도록 설계해 놓았기 때문이다. '허공'에는 늘 바람 소리가 일고 구름이 지나가며 햇빛이 비치다가도 비나 눈이 내리기도 한다. 한순간도 정체하거나 고착되지 않는 기상의 징후들은 바로 그 '허공'의 공백 속에서 존재의 출현을 야기한다.

굿바이, 안녕? 너는 아프리카에서 인사하고 나는 아시아

에서 인사를 한다 너는 뺨에 침을 뱉어 인사를 하고 나는 코를 두 번 부딪쳐 인사를 한다

벌새는 공중을 모아 인사를 하고 바람은 강물의 손을 빌려 와 인사를 한다 새들은 계절로 안녕의 부리를 잰다

우리는 모두 다른 모양의 단추, 너는 단추를 보고 인사하고 나는 단추를 만진다 세상의 단추들은 섞이는 걸 좋아한다 인사는 나보다 먼저 와서 이름을 푼다 잠긴 이름들이 수챗구멍으로 흘러간다

썩은 이빨로 안녕? 이불을 덮고 안녕?

　　　　　　　　　　　　　　　—「세상의 인사들」 부분

서로 다른 대륙에서, 서로 다른 시간에, 서로 다른 방법으로, 우리 모두는 인사를 나눈다. 안녕? 안녕! 안녕. "벌새는 공중을 모아", "바람은 강물의 손을 빌려", "새들은 계절로" 인사한다. 세상의 모든 순간들은 인사하는 소리와 몸짓으로 북적인다. 존재는 인사한다거나 혹은 인사하므로 존재한다는 식의 명제가 도출될 것 같은 인사의 연쇄는 마침내 '이름'이라는 봉인을 해제하고 '존재'에 육박하며 '얼굴'이 뒤섞이는 데까지 나아간다. 미끄러진 기표들, 떠도는 종족들, 고유한 자아들, 그것들을 온통 흩트려 놓으면서 '나'는 "빈 수화기를 들고 수신음에 자꾸 인사를" 한다.

안녕 안녕 안녕. 아무도 듣지 못한다고 해도 누군가 들어주기 바라며 '허공'에 말을 건다. 이것은 존재의 다름을 인정하는 것에 대한 바람이고, 존재와 존재의 조우에 대한 바람이며, 존재가 형이상학적 존재로 거듭나기 위한 바람이다. 그래서 이런 인사법은 "낮게 엎드려"야 하고 "눈을 반짝"여야 한다. "바람은 그런 의도의 안쪽에만" 불기 때문이다.

6. 응답할 책임을 위해 계속되는 노래

시인은 경험과 감각의 세계 너머를 쓰면서 그 사이에 '바람'이 지나고 '허공'이 있음을 알게 한다. 보이지 않는 곳에 진실이라든가 이데아 같은 것이 있다고 확신할 수는 없다. 그렇지만 보이는 것이 다는 아닐 것이다. 보이지 않는 것은 보이는 것을 넘어서는 존재의 배후로서 거기에 있다. 보이지 않는 것을 보기 위해, 숨겨진 것을 드러내기 위해, 잊혀진 것을 기억하기 위해, 시인은 부정과 부재의 기표를 설치해 놓았다. 그런 사태에서 존재는 아직 깊숙이 감춰져 있다. 이 공집합들은 상호 공존과 존재의 도래를 위해 고안된 역설의 회로로 작동한다.

> 손가락을 건다는 건
> 오른팔로 할 수 없는 일을
> 왼팔이 할 수 있는 것이 아니라는 것을 알게 하지
> 오래전 버린 체위들
> 체온을 훔쳐 오는 뾰족한 눈빛을

오래도록 붙잡고 다독인다

학교경(學交傾)은 학이 서로 긴 목을 얽는 것이라는데 우
리는 서로의 목을 감을 수 없는 종족, 때론 무디게 때론 흐
리게 피로 흐르지 흐르는 것들은 흐르면서 얼굴을 버릴 것,
물살에 얼굴을 떨어뜨려 너는 왼쪽 나는 오른쪽 우리는 방
향을 바꾸는 종족

베인 자리마다 물의 봉합 기술이지
—「얼굴의 체위」 부분

"접힌 페이지는/거기에서 돌린 얼굴이 있다는 표시"라고
했다(「떠내려가는 책」). '얼굴'은 한 사람의 고유한 정체성을 드
러낸다. '얼굴'에는 내면과 욕망이 반영된다. 그러나 "서로
의 목을 감을 수 없는 종족"인 '우리'의 관계는 늘 실패로 귀
결될 수밖에 없다. "모든 얼굴은 불화의 각을 갖"기 때문이
다(「우리의 각도」). 자신의 입장과 견해는 편견으로 치부되고,
상대의 신념이나 진심은 오해로 간주된다. 관계의 폐쇄와
파탄은 의도적인 공격이나 전략적인 회피에 의해서만 발생
되는 것이 아니라 무감각과 무관심에 의해서도 파생된다.
타자의 얼굴을 마주 보면서 그의 욕망 혹은 가치관을 인정
하고 수용하는 것이 아니라 여전히 타자의 얼굴에 자신만
을 반영하고 투사하고 있기 때문이다.
자신의 얼굴은 자기 자신을 오직 하나의 존재로 표상해

준다. 그러나 아이러니하게도 영원히 자신의 얼굴을 볼 수 없는 유일한 사람 역시 '나'다. 대신 '나'는 '나'를 제외한 모든 얼굴들을 본다. 그리고 '나' 아닌 다른 이들의 얼굴을 통해 비로소 '나'를 볼 수 있게 된다. 타인의 얼굴은 단지 '나'와 상관없는 객체 혹은 다름의 대상이 아니다. 레비나스식으로 표현하자면 고통받는 타자의 얼굴은 주체가 주체를 넘어서게 하는 절대적 현존이기 때문이다. 그것은 우리 모두가 직면하는 생의 비참과 환멸에 응답할 책임을 갖게 한다. "한 사람이 한 사람을/한참 동안 지켜보는 동안/한 사람은 한 사람에게로 조금 옮겨 간다"는 믿음 말이다(「지켜본 사람」). 그때 '나'와 '너'는 "시차를 건너" 시의 고도에서 다시 만나게 될 것이다(「어디로도 가닿지 않는 길」).